丛林之歌

顾艳 著

作家出版社

家是我们出发的地方。随着我们年岁渐老，世界变为陌路人，死与生的模式更为复杂。

——托马斯·斯特尔那斯·艾略特

一

西面半边天由深蓝变成黑色的时候，路灯唰地全亮了。余蒙蒙在街道人流中听到苍凉的音乐，忽然明白人的衰老是从自己的感觉开始的。她感到自己衰老了，尽管她的身体还没有衰老的症状，但自从哥哥余亮驾着新买的轿车失踪后，她就觉得整个身心都衰老了。

余亮失踪那日，离他四十周岁只差两天。余蒙蒙为他预订的一桌生日酒席，现在只能退订了。蒙蒙报案、看电视新闻、跑亲戚朋友熟人那里，都没有发现余亮的蛛丝马迹。也许凶多吉少，这令她有一种摆脱不了的自责。她想那天如果她答应余亮打麻将牌，那么他们就不会因三缺一而散伙。他们不散伙，余亮也许逃过一劫吧？然而她却一定要去参加同学会，心里就是想去会会那个混球范柳刚。蒙蒙内心深处，对范柳刚有种说不清、道不明的情感。

丈夫李丛林送余亮下楼时，蒙蒙正对着敞开的大衣橱一筹莫展。她不知道该穿哪套衣服，才能既体现她的气质风度又得体合适。她脑子里乱糟糟的，一会儿想到好莱坞影星伊丽莎白·泰勒；一会儿又想到索菲娅·罗兰；但当她试穿那条袒胸露背的黑色连衣裙时，又想到了从明星到王妃的格蕾丝·凯利。她觉得凯利的美清冷严峻，如同冰霜，其气质冷傲高贵，她多么想拥有这样的气质。于是她又换上了一条类似画册上格蕾丝·凯利穿的玫瑰红丝麻长裙。这条长裙是表妹徐娃送给她的，低垂的领口缀着小巧的玫瑰花。她对着镜子，那个光彩照人的形象让她满意。她想起莎士比亚的一句名言："如果我们沉默不语，我们的衣裳与体态也会泄露我们过去的经历。"在阔别十多年的老同学面前，她能泄露些什么经历呢？

十多年前，蒙蒙狂热地喜欢一些艺术家的作品。如曼·雷（Man-Ray）的油画和摄影，雅克·利普希茨（Jacques-Lipchitz）的雕塑，但现在它们已不能打动她了。这不是它们的缘故，而是忙碌的现实生活使她变得麻木了。麻木的她，不太清楚城市已发生了多少翻天覆地的变化。比如，同学会安排在绿岛宾馆，她却不知道绿岛宾馆在哪里。谭斌说那是一个新建的宾馆，在那里他可以用支票公款请客。公款，给多少当权者以权谋私的机会。谭斌如今是昌盛粮油食品贸易公司的总经理，自从调离东风家具厂后，真是士别三日，当刮目相看。

蒙蒙从车棚里推出自行车，轮胎上不知被谁刺进一根钢针。这是她一个月内，第五次发现钢针了。谁这么缺德？她只好去街头等出租车。出租车在他们这条小街比较少，但她耐心地等着。她一边等一边想，这世界到处都是喧哗嘈杂的嗡嗡声，就像一群看不见的苍蝇，盘旋在她四周喋喋不休。仿佛语言是条条道路通罗马的唯一武器，人们千方百计地占有它，目的就是逃避孤独，让自己活得更好。蒙蒙一直不相信这种嗡嗡声，可她拍不死"苍蝇们"，就只能远远地躲开它们。

"蒙蒙。"她听见有人喊她的名字。她四处张望，看见一辆猩红色摩托车朝她驶来，那个戴安全帽的男人说："我是梅森，我是梅森啊！"梅森是蒙蒙的童年伙伴，也是她小学到初中的同班同学。梅森见蒙蒙等车，就邀她坐他的摩托。蒙蒙虽不是第一次坐摩托，但摩托车突突启动的时候，她还是一个趔趄地拽住了梅森的腰。梅森一直是蒙蒙的真正朋友，无论怎样亲近都不会有丝毫暧昧。这使蒙蒙不用顾忌丈夫李丛林吃梅森的醋，但如果是范柳刚，李丛林的醋意就毫无疑问了。

一九八四年李丛林、范柳刚和余蒙蒙高考落第后，到罐头肉类加工厂打临时工，他们都被分配在包装车间。蒙蒙的工作是在流水线上与工人们一起用油纱布擦罐头。李丛林和范柳刚打包。打包是一种力气活，需要相当的体力。午餐，他们都在食堂吃饭。那时候蒙蒙热衷素食，固执而偏见地认为只有素食，才不会把人的肉体与精神搅和浑浊，目光才会保持明澈、亮丽。蒙蒙明澈、亮丽的目光，就是在午餐时与李丛林建立了恋爱关系。

他们的恋爱关系进展很快，不到三个月包装车间就人人皆知了。而此时，范柳刚心里也爱着蒙蒙，见到蒙蒙说："你为什么选择李丛林不选择我，我哪一点比不过李丛林？"蒙蒙尽量回避范柳刚，但范柳刚百折不挠地追求她，有时应付一下范柳刚，却被李丛林看见；两个男人吵起来，吵到后来就打起来了。凭体力，范柳刚不是李丛林的对手，只能落荒而逃。

其实男女之间交往，女性天生就有一种特别的敏感。蒙蒙非常清楚范柳刚的用心之苦，那不可抑制的激情，许多时候确实使她乱了方寸。她不敢直视他丰富而深邃的目光，如果把他和李丛林放在一起比较，两个人绝对平分秋色。蒙蒙喜欢李丛林的冷峻，也喜欢范柳刚的热情。有时蒙蒙搞不清楚，究竟该选择谁？

那时光，李丛林与范柳刚的情绪对立，已到了剑拔弩张的地步。有一天，车间主任派他俩去冷冻库扛冻猪肉，范柳刚不慎被冻猪肉砸伤了右脚，但他一口咬定是李丛林故意伤人，而李丛林则认为范柳刚血口喷人。两个男青年火药味十足地吵架，究竟为什么吵，他们心里都非常明白。

这些都是十多年前的往事了。那些风风雨雨、坎坎坷坷、跌宕起伏、酸甜苦辣的岁月，使范柳刚在蒙蒙的记忆里，早已成了一片朦胧的雾。虽然雾中的范柳刚，有时能进入蒙蒙的梦境，但毕竟是一个虚幻的影子。然而虚幻的影子，有一天忽然从雾中钻了出来，精神抖擞地站在蒙蒙面前，这难道是上天派他来解救蒙蒙的？

一个多月前，蒙蒙意外接到范柳刚的电话。那时蒙蒙正在凳脚上雕刻龙凤戏珠，郑瑛过来叫她时神情诡秘地说："一个男的。"蒙蒙知道肯定不是李丛林，但没有想到是范柳刚。范柳刚的声音从电话里传过来，蒙蒙很惊讶。原来他一九八九年初就去了美国，并且在美国已拥有了自己的公司，这次回杭州，一是在故乡创办分公司，二是搞合资企业。蒙蒙毫不怀疑他的雄心壮志，却疑心他请他们全家吃饭的动机。

蒙蒙让范柳刚自己去找李丛林，如果李丛林接受他的邀请，比蒙蒙回去说好得多。蒙蒙搁下范柳刚的电话，心里忽然荡起了一股暖意。她知道这是一股无法言说的暖意，正汩汩地流淌在她的全身。她早早收工，还没有下班就溜回家了。本来她提早回家，只是想在那张硕大的席梦思床上休息一会儿，或者想一些心事。然而李丛林和儿子李磊，比她回家还早。他们一个对着镜子刮胡须，一个坐在小书桌前做功课。这场景让她一看就知道，李丛林正在准备赴范柳刚的约。李丛林冲蒙蒙说：“范柳刚给你打电话了吧？……没想到他摇身一变成了美籍华人……今晚他请我们全家吃饭。”

“你答应他了？”

“是。”

“你打扮一下。”

蒙蒙佩服范柳刚的口才，但又同情李丛林的愚钝。蒙蒙开心地说：“我马上打扮。”五分钟后，她换上了一套白色连衣裙。她希望范柳刚看到的她，还是从前的那个她。

“我们走吧！”李丛林说。

李丛林自行车后座上载着儿子磊磊。磊磊九岁，上小学三年级，知道要去见一个美国回来的叔叔，就嚷着要去迪士尼乐园。李丛林说：“磊磊，迪士尼乐园没有咱们杭州乐园好玩。”磊磊说：“我就是要去迪士尼乐园，你现在就带我去。”磊磊的嚷嚷声，让李丛林感到带孩子的烦恼和累。他不耐烦地说：“别吵，再吵就哪里也不去了。”

新侨饭店坐落在解放大街西面吴山路口，蒙蒙远远看见范柳刚满面春风地站在饭店茶色玻璃门前，似乎正在恭候他们的光临。多年不见，蒙蒙发现范柳刚发福了，肚子微微有点腆起，但精神十足。他上面穿一件红色 T 恤，下面是一条深蓝色西裤，看上去很帅。

实际上，范柳刚最先看到蒙蒙，但他向李丛林和磊磊迎上去。久别重逢的一对冤家，顷刻间和好如初。蒙蒙不知他们是真和好，还是逢场作戏。一阵寒暄之后，范柳刚带他们来到宾馆餐厅。餐厅里顾客很少，他们选了一张西边角落的餐桌。范柳刚点了龙井虾仁、叫花童鸡、西湖醋鱼等杭州风味特色名菜，还要了一瓶法国葡萄酒和可乐，然后从公文包里摸出一张名片递给李丛林说："我要在杭州搞一个合资项目，到时你要多多帮忙、鼎力相助噢！"

"只要我能帮忙的，一定尽力而为。"李丛林沉默了一会儿说。

"来，为我们将来合作愉快干杯。"范柳刚擎起酒杯笑呵呵地说。

蒙蒙管着儿子磊磊，不参与他们有关合作的话题。但她看见范柳刚趁李丛林不备，笑眯眯地瞟了她一眼，那目光还是他从前的目光。

二

蒙蒙坐在梅森摩托车后座上，身边迷人的夜景唰唰飞过，真是别有一番情趣和潇洒。假如李丛林与范柳刚合作赚大钱，那么她很想买一辆铃木摩托车。然而李丛林和范柳刚，这两个过去的冤家能真正合作吗？

此时，风驰电掣的摩托车转过几道弯，就到了绿岛宾馆。绿岛宾馆在繁华的武林广场附近，蒙蒙和梅森走进餐厅时，每张桌子都聚满了人。服务员小姐彬彬有礼地问：“哪一桌？”蒙蒙答不上来，说：“同学会。”其实同学会意味着青春和激情，只要看见最热闹的那一桌，肯定就是同学会了。蒙蒙的猜测不错，有一桌既陌生又熟悉的面孔冲他们喊：“蒙蒙、梅森……”

“我是盖儿，他是条儿，还有萝卜头、绍兴师爷、胖子……”盖儿叫着绰号，哈哈大笑地向他们介绍。梅森冲盖儿说："还有瓶儿，瓶儿怎么没来？"盖儿脸唰地红了，说："你还是这副德行。"

蒙蒙与同学们打招呼，但没有忘记用眼睛搜寻范柳刚。范柳刚怎么不在，他没来吗？蒙蒙正这样思索时，谭斌来了。谭斌连连说："太忙了，忙得团团转。"梅森说："总经理不忙，谁忙？"绍兴师爷说："你当大官，我们托你的福。你越忙，说明我们托你福的机会就越多。大家说，是不是？"

"是。"同学们异口同声地说。

"哪里、哪里。范柳刚比我强，他都成为美商了。"谭斌说。

"他怎么没有来？"蒙蒙忍不住脱口而出。

"他有一笔重要的生意要谈，来不成了。你们如果要与他联系，就打新侨饭店总机转918房间。"谭斌说。

"谁要与他联系？"蒙蒙说。

同学们哈哈笑起来，他们笑蒙蒙不打自招。盖儿说："你们笑什么？我要与他联系，谭斌你把电话号码再报一遍。"

一会儿，菜全上齐了。

同学会在吃吃喝喝、嘻嘻哈哈中进行着。划拳碰杯的声音，此起彼伏，蒙蒙忽然没有了情绪。烦躁和无聊，使她翻看一本新打印的同学录。她一行行看，这些同学大小都是官，只有她无官一身轻。

“我们和蒙蒙干杯。”谭斌一边说，一边与梅森、盖儿、女经理和女记者兴致勃勃地凑过酒杯来，蒙蒙难以推托，只好一饮而尽。酒后吐真言，女经理和女记者们，叽叽呱呱地谈论着她们的事业，叹着苦经说了很多的不容易，并感叹身为女人的累。可蒙蒙想，女人也许在累和艰难中才能成长，才能成为智者，才能实现自己的人生价值吧！

“同学们，晚餐结束去舞厅跳舞。”谭斌以东道主的身份大声说。

大多数同学抹着嘴巴朝舞厅走去，似乎不玩个通宵，也要玩个过瘾。蒙蒙已经两年没有跳舞了，初学跳舞的那段日子里，一天跳两场。这会儿她远远听见音乐的流淌声，瘾就来了。舞蹈对她有一种特别的魔力，她尤其喜欢跳华尔兹。华尔兹让身体在旋律中，达到身心放松的境界。

谭斌带蒙蒙跳舞。谭斌的舞跳得不错，两个人跳得和谐是一种美的享受。蒙蒙和谭斌几曲跳下来，陶醉在如梦如幻的旋转中了。的确，舞蹈对蒙蒙是一种麻醉。麻醉后，她似乎又获得了一次新生。深夜十一点舞会结束，同学会到这时才算真正散了。蒙蒙在人群中找梅森，谭斌说梅森早就走了。梅森的老婆羊痫风发作，梅森自然是没有心思跳舞的。

“我有车，送你回去怎么样？”谭斌说。

“不，不不。”蒙蒙说。

蒙蒙不想无端受人恩惠，尤其是谭斌的恩惠。她一个人走出绿岛宾馆，朝着湖边的方向走去，决定走完湖边再坐车。湖边是情侣们的世界，蒙蒙心里忽然闪过与范柳刚在树丛中，亲吻拥抱的念头。蒙蒙惊讶自己灵魂深处，竟然对他还有一份爱恋，脸唰地红了。

前面有一个女人的背影很像梅森老婆，但她身旁的男人不是梅森。梅森在农科院做摄影工作，上班比较空闲，这是他老婆的福气。他老婆一发病，只要一个传呼，梅森就立马赶到老婆身边。梅森是真正的模范丈夫，令许多女人羡慕不已。然而，梅森有苦难言，总是说：“做男人累。”

蒙蒙叹了一口气，觉得人要活下去，谁也无法逃脱生活中的艰难。只有向生活挑战，才能改变自己的命运。那么如何改变自己的命运呢？蒙蒙一边走，一边想着心事，不知不觉走到了解放大街。蒙蒙想坐车，但一辆辆飞奔而去的出租车对她置之不理。她只好继续往前走，前边就是新侨饭店。那里的出租车比较多，她就站在饭店门口等车。这个饭店在她心里非同寻常，因为918房间正住着范柳刚。此刻，范柳刚正在看电视、洗澡、抽烟或者睡觉吧？

一辆桑塔纳出租车在蒙蒙前边下客，她赶紧走了过去。范柳刚从车里钻出来，惊讶地说：“怎么是你？”蒙蒙有点儿尴尬，说：“同学会刚散，沿着湖边走走，就走到这里了。”

“上去坐坐吧？”范柳刚说。

“不，太晚了。”

蒙蒙向范柳刚道别，范柳刚目送她上车时，似乎想说些什么，然而桑塔纳轿车在深夜的大街上飞驰起来，很快就把蒙蒙送到了家。家里卧室的灯还亮着，那是李丛林在等她。她轻轻打开门，轻轻走进去。

“都几点了，你在干什么？”李丛林火冒三丈地说。

“我在开同学会，你又不是不知道。”蒙蒙说。

“梅森早就回家了，你去了哪里？”

“跳舞。”

两个人争论了几句，心里都不舒服。蒙蒙翻来覆去睡不着，心里想如果早知道范柳刚不参加同学会，那么她就留在家里打麻将牌了。打麻将牌，手气好时能赢不少钱。尽管她赢钱，大多数是哥哥余亮故意输给她的。但长兄为父，自从父母双亡后，余亮就挑起了家里的重担。比如小时候，蒙蒙偷了邻居小伙伴一只红皮球，小伙伴的哥哥要把这事告到学校去，余亮就在小巷子里与他打了起来。结果余亮被打得鼻青脸肿，像个打败仗的伤兵。蒙蒙第一次置身在这样的场景中，深切感到余亮如小人书中古代壮士荆轲一样，有一种悲壮情怀。然而父亲活着时最不喜欢余亮，骂余亮孽子，父亲总是恨铁不成钢。

余亮从小顽皮捣蛋，读不进书。初中毕业就响应毛主席的号召，下乡插队落户去了。他插队的地方是北大荒农村，在那里房子看上去就像爱斯基摩人居住的雪屋子。蒙蒙从书本上知道爱斯基摩人，他们住在很远的地方。那里四处都是苔原、冰雪、原始的海洋，那里的人们生吞白熊肉和海豹肉。蒙蒙想那里该是一个神话般的世界吧！

迷迷糊糊睡着后，蒙蒙睡梦里依旧做着余亮的梦。她梦见哥哥余亮的桑塔纳轿车里，坐着一个带毒汁的女人。这个女人目光如刀刃，曾经她的手指触摸过蒙蒙。蒙蒙有种被火灼痛的异样感觉，有一声叫喊，多少年来就想喊出，但蒙蒙憋在喉咙里，藏匿在一切幽暗的地方，使隐藏的声音隐隐飘动。这个女人后来嫁给了一个魔鬼，在一个盛大的婚宴上，她的衣裳缀满了珍珠般的火焰，她的微笑是一种奇异的花朵。在蒙蒙的记忆里，婚宴上的宾客都穿着黑色的衣服，当他们绕桌而坐时，这个女人忽然消失了。

天亮的时候，蒙蒙从梦中醒来，有一种不好的预兆，似乎有一件不幸的事已经发生或者正在发生。她极力回避这种不好的预兆，表现得和平时一样，起床、梳洗、做早餐，然后上班去。

东风家具厂在鼓楼附近，鼓楼没有楼。蒙蒙不明白政府为什么要把鼓楼拆掉？如今鼓楼只能在她的想象中，与吴山连接在一起。

总算没有迟到，蒙蒙一进厂门，上班铃声就响了起来。她从心里讨厌厂里的头头们，改革搞不好，生产上不去，只知道卡上下班时间。特别是上班时间，迟到三分钟就要扣奖金。蒙蒙从没有与头头有过什么接触，但她知道他们内部矛盾复杂。厂里搞不好，与头头们以权谋私有很大关系。比如：头头们一个个打着木雕家具远销海外市场的招牌，去美国、欧洲、日本、新加坡等国家旅游；工人们心里不服气，却无可奈何。

蒙蒙停好自行车，走进木雕车间的第一件事，就是为自己沏一杯龙井茶。木雕车间的工人，个个都喝茶。尤其是一罐上好的龙井，打开密封盖子，就有清香喷涌而出。所以每天泡一杯茶，放在桌边慢慢饮、慢慢闻，干活儿就有了生气。

蒙蒙的师傅米少山，是有名的黄杨木雕专家。他毕业于中国美术学院，作品有《苏武牧羊》《贵妃出浴》等，都是一流艺术精品，其灵秀雅致的独特风格，颇受客户青睐。蒙蒙能拜他为师，全靠谭斌帮忙。谭斌当年是木雕车间主任，帮她完全出于老同学的面子。米少山师傅曾对她说，谭斌很有潜力，只要他努力，很有可能成为一流的木雕艺术家。然而谭斌在商品经济时代，耐不住寂寞，跳槽当官去了。这世界不少男人不是官迷心窍，就是财迷心窍、色迷心窍。男人有多少是甘于清贫，对事业真正有奉献精神的？

“蒙蒙电话。”郑瑛诡秘一笑说，“就是上次那个男的。”

郑瑛是蒙蒙的师妹，今年二十六岁，毕业于中国美术学院。木雕车间就她们两个女的，她们知道在男人们中间想干出成就很难，除了自身的努力，还有平等和机遇。这会儿，蒙蒙不知道范柳刚找她有什么事，她的心突突地跳着。她胡思乱想地拿起电话筒，对方就传过来与她约会的声音。约会就约会吧，蒙蒙很想听他谈谈有关他公司的业务情况，以及在杭州的创意。她愉快地答应着，搁下电话后，初秋的太阳从东边窗户里照射进来，照在她的大小刻刀上发出耀眼的光。她赶紧拉下竹帘，打开台灯，今天她要把凳脚上的龙凤戏珠雕刻完成。

三

蒙蒙的公公、婆婆都是地道的杭州人。公公四十年代初，毕业于如今的杭州高级中学。那时候叫省立高中，是“江浙四大名校”之一。公公最喜欢向孩子们介绍这所学校，他说“五四”时期这所学校是南方新文化运动的中心堡垒之一，爆发过震惊全国的“一师风潮”。那时候校园里名师荟萃，鲁迅 、李叔同、朱自清、俞平伯、叶圣陶等许多国学大师、知名学者都在此任教。公公说：“磊磊将来一定要考这所名校。”公公做着孙子前程的梦，谁也不知道能否梦想成真。

蒙蒙的婆婆退休前是丝绸厂工会主席，退休后就成了家庭主席，主管家里两口人的大小事情，一天忙到晚。她庆幸自己不带孙儿孙女的原则，但周末和节假日孩子们必须团聚在她身边。就好比孙悟空逃不出如来佛的掌心，孩子们不听话，她就会给他们颜色看。

明天就是中秋节，每逢节日就是蒙蒙最烦恼的日子。不仅仅要给公婆买礼物，还要别别扭扭地聚在一起。婆婆是个很会过日子的女人，从不马马虎虎过任何一个节日。蒙蒙到婆婆家过节，就像去过一个精神受难的日子。

这会儿，蒙蒙来到茅廊巷食品市场，买了一些广式月饼，也买了一些苏式月饼。然后去私立小学接哥哥余亮的女儿菲菲。菲菲读五年级，菲菲的母亲去美国后就像失踪了一样，毫无音讯。所以关心菲菲，就成了蒙蒙义不容辞的责任。她总是在周末把菲菲接到家里，吃过晚饭后，再由哥哥余亮来接她回家去。

那天晚上，菲菲等到深夜十二点，余亮还没有来接她。蒙蒙一连给余亮打了许多个传呼，都不见他回电。余亮去了哪里，莫非跑长途去了？蒙蒙坐立不安，左思右想又心焦如焚。她拿起哥哥余亮家的钥匙，想去哥哥家看个究竟。

“还是我去吧。”丈夫李丛林说。

“好，有情况就打电话回来。”

蒙蒙在家里焦躁不安地等消息，电话铃一响，她就会神经质地扑过去。此时，她最担心余亮出事。一想到出事，她便吓得毛骨悚然。因为出租车司机被杀的案件，屡见不鲜。前阵子，米少山师傅的邻居安眉小姐，就是被劫车者强奸后残忍杀死的。

电话铃又响了起来，蒙蒙惊恐地拿起话筒。李丛林告诉她：“你哥哥没有回家呢，家里也没发现什么意外情况。”

这夜蒙蒙通宵失眠。要不要报警？要不要去电视台和报社登寻人启事？蒙蒙想来想去，还是先去找余亮的好朋友梅森的哥哥。梅森的哥哥住在杭州城南河坊街三衙前荷花池头，一代画师潘天寿纪念馆就在它的北面。第二天一早，蒙蒙在那里找到第五栋新楼，一口气跑上七楼，迫不及待地敲开梅森哥哥的家门。然而，梅森的哥哥一点儿不知道余亮的下落；他安慰蒙蒙，建议去蒙蒙姨妈家问问。

姨妈是蒙蒙与哥哥唯一的亲戚，尽管母亲去世多年，但他们与姨妈的联系从未中断。姨妈有一双儿女，都到了婚嫁年龄。姨妈省吃俭用为儿女存钱。姨妈说：“可怜天下父母心。”

“余亮有没有来过？”蒙蒙问姨妈。

“没有。”

“余亮失踪了。”

“别胡说，余亮又不痴呆，难道他有什么事都要向你汇报吗？”

蒙蒙忘了姨妈最忌讳“失踪”二字。当年蒙蒙嫂嫂失踪，姨妈陷入极度的感伤中。蒙蒙知道“失踪”对姨妈是一个刻骨铭心的词。离开姨妈家，蒙蒙怀疑自己，也许自己真的神经过敏？余亮都四十岁的人了，不惑之年意味着成熟。难道还会管不住自己？蒙蒙这样一想，倒是松了一口气。

中秋节下午，蒙蒙带着菲菲，李丛林带着磊磊去婆婆家过节。婆婆要求他们只能早到，不能迟到，原因是让他们帮忙干活。比如，洗菜，买酱油、味精之类的事。婆婆这时候就像个厨师，烹饪得锅碗瓢盆叮当响。而小孩子们在房间里嬉戏，哈哈的笑声，营造一种非常热闹的气氛。婆婆就喜欢这种气氛，让她享受天伦之乐。

中秋节对婆婆来说，是一个比较省事的节日。最多烧一些西湖醋鱼、龙井虾仁、霉干菜扣肉等杭州名菜。其他节日就不同了，比如端午节婆婆要亲自裹粽子，腊八节婆婆要亲自煮腊八粥。婆婆把为什么要做这些东西说得头头是道。从前，蒙蒙不知道中国传统中还有个“腊八节”，到了婆婆家才知道腊八节有两种含义：一是腊祭，用以祭祖敬神，祈求风调雨顺。二是相传这一天是佛祖释迦牟尼成道之日。婆婆做的腊八粥，常以白果、花生、莲子、红枣、桂圆、荔枝、松子、板栗之类果品为粥料，以文火炖熬加糖后，味道就不错了。

李丛林每次回母亲家，一坐到餐桌上，就会滔滔不绝地说话，尽量讨他父母开心。今天他与父母谈话的内容，是有关他的工作调动。这么一件大事，事先他从没有与蒙蒙商量过。蒙蒙十分惊讶，李丛林怎么会决定调去凯丽化妆品厂做厂长？这个厂是濒临倒闭的国企，谁不知道他们某个车间的工人全部下岗了。

“不行，你不能去。”蒙蒙说。

“为什么？”

“局里行政处起码还是铁饭碗，你到那个破厂能干得好吗？”

“你对我要有信心。”

“你与范柳刚合作吧，两个人总比一个人强。”

“不，我要一个人创造世界。”

“你不肯与范柳刚合作，是不是一直对他耿耿于怀？可你没有人家的本事，你……”

他们破天荒，第一次在公公婆婆面前吵起架来。李丛林将手中的酒杯哐当一声摔在地上，玻璃的迸裂声清脆而尖厉。中国红葡萄酒泼洒在大理石地面上，变幻莫测地漫延着。

“磊磊，小心玻璃。”婆婆说，“今天是什么日子，难道让你们来吵架的吗？”

“吃饭吧，吃饭吧！”公公说，“大家少说一句就没事了。”

公公的脾气特别好，总是妇唱夫随。有一年春天，蒙蒙与公公婆婆坐火车去苏州，婆婆望着窗外郁郁葱葱的水田、绿树掩映的农屋、波光粼粼的鱼池，忽然激动地指着一个站台咕哝着什么，公公马上会意地说，苏州豆腐干、无锡肉骨头、镇江香醋、常州萝卜干……

婆婆与公公四十多年的婚姻生活，在蒙蒙眼里就是达到了相濡以沫的境界。蒙蒙特别喜欢“相濡以沫”这个成语，它出自《庄子·大宗师》：“泉涸，鱼相与处于陆，相呴以湿，相濡以沫。”它比喻爱情的醇浓与厚重，是太恰当不过了。然而这个成语，想用在蒙蒙与李丛林身上，还为时过早。此刻，蒙蒙惊恐地盯着李丛林瞬间变得狰狞的脸。若不是在婆婆家里，她一定要与他争个鱼死网破。

李丛林摔下酒杯后，像一头怒吼后沉默的雄狮。他耷拉着脑袋，一动不动。爆发后的静穆，显得异常沉重。这沉重压在夫妻心头，就像一座大山。他们痛苦着，回想从高中同学，到恋爱，到结合，风风雨雨走过来十多年，却因一场争吵陌生了起来。他们都从彼此的眼睛里，看到了丑陋、嫌恶、仇恨，都感到了失望、恐慌、孤独和心灰如槁。

一顿团圆饭，在沉闷中过去了。

婆婆本来不会在蒙蒙面前训儿子，这次她拿着抹布背朝蒙蒙面对儿子说：“发什么疯？酒杯要钱买的。”说完她蹲下去，把刚才公公擦过的地，再擦一遍。蒙蒙连忙接过婆婆的抹布说：“妈，我来擦。”

全家人吃完晚饭，上顶楼赏月时，蒙蒙在水池洗碗。婆婆留下来清理剩菜，其实是有话对蒙蒙说。蒙蒙沉默不语，婆婆就说：“手心手背都是肉，与男人吵架是断不可伤他自尊心的。再说做厂长有什么不好？你要多多关心他才是。”

婆婆是个能干的女人，蒙蒙不知该与婆婆说些什么。婆婆见蒙蒙依旧沉默不语，便气呼呼地上顶楼去了，留下蒙蒙一个人在厨房洗碗。蒙蒙觉得处理好婆媳关系，是一件非常不容易的事。

“我先走了。”李丛林从顶楼下来说。

“你不能去。”蒙蒙说。

“我有事要办。”

“你，你太没有责任感了。”

蒙蒙火冒三丈，但只能委屈地忍着，然后把两个孩子带回家。许多时候男人可以撒手不管家，女人却做不到。

蒙蒙很累又很孤独。

这天晚上，蒙蒙陷入了沉思。原来沉思不是思想家的专利，也不是哲学家的面具。沉思是每个人都可以享受的权利。蒙蒙沉思着这些天一连串发生的事情，似乎有种在劫难逃的感觉。

菲菲很晚还没有睡，她要等她爸爸来接她。为了防止打瞌睡，她编织幸运绳。这是少女们的幸运革命，最初流行做空心的幸运星，接着做风铃、纸鹤；如今最热门的是编织幸运绳。不管怎样演变，这些用手工制成的小玩意儿都是幸运、吉祥的象征。菲菲编的幸运绳，编织手法变化多端。有螺旋形的、辫子形的、松紧形的；单层的、多层的；还有塑料珠、翠玉、铃铛穿编在绳中，真是令人眼花缭乱。蒙蒙望着菲菲，想起自己的少女时光。

“爸爸怎么还没有回来？”菲菲问。

“明天吧，明天该回来了。”蒙蒙说。

李丛林回到家里，已是第二天凌晨了。蒙蒙没想到他会这么晚回家，他在忙些什么？蒙蒙本想把门反锁住不让他进屋，但这种伤筋动骨的事，她做不出来。

磊磊、菲菲睡熟后，蒙蒙求助音乐调节情绪。她戴上耳机，如痴如醉的音乐让她忘却身边的一切。不知道是她进入了音乐的空间，还是音乐流进了她的血管，李丛林进屋时，她正在听《恩雅》。这位爱尔兰女乐手创设的多重和声效果，竟会以反反复复、层层叠叠的视觉感，在她脑海里叠现。也许《恩雅》要告诉人们的，正是这样一种远近变幻、风起云涌的感动。

蒙蒙被音乐感动着。

一曲听完，蒙蒙摘掉耳机后，见到李丛林已钻进被窝。他的甜言蜜语，竟然使蒙蒙怒气消了一半。俗话说，夫妻床头吵架床尾和，大概就是这样的。

天蒙蒙亮的时候，他们做完爱。双人枕头上的枕巾掉到了地上，露出大红色缎子面料的枕套。那枕套椭圆形，镶着宽大的荷叶边。枕面上有一对丝绣的蓝色鸳鸯，虽经十多年磨损，但仍有八九成新。这是哥哥余亮送她的结婚礼物，如今余亮会不会物在人亡?

蒙蒙有一种不祥的预感，尽管她极力否认这种预感，但她内心始终恐惧不安。今天是她的休息日，她把菲菲送到私立寄宿学校后，想来想去，还是去派出所报了案，去电视台和晚报登了寻人启事。然后回到家里，她在客厅里来回踱步，脑子一片空白。她不知道接下去要干什么?书橱上一本布面紫色影集，让她停住了脚步。那是满载着父母青春面容的影集，是她最珍贵的东西。

翻开影集，那上面是一些没有相片的相角，在黑色的厚纸上孤零零地飘浮着，整整连着几页都没有一张相片。翻到最后，仅剩的几张母亲年轻时候的相片，让她有一种触目惊心的苍凉感。她陷入对母亲的回忆里，母亲是怎样结束自己生命的?

四

范柳刚与蒙蒙约会的那天，下着倾盆大雨。雨天是容易回想的日子。不管置身何处，某个酒吧、西湖新老景点，抑或是在居室里，只要是雨天，现实就会变得恍惚，过去的事情就会在想象中纷至沓来，进入一种古怪程序，雨点一样滴落。

范柳刚就是雨点一样滴落的人。他湿漉漉地穿过楼梯走廊，滴落到蒙蒙家的客厅里。蒙蒙给他沏了一杯龙井茶，又给他递上一支烟，烟雾很快就在屋子里缭绕起来。

“我来找你谈方案。”范柳刚说。

“什么方案？”

原来范柳刚已决定在杭州搞一个商场，合资一个企业。他找蒙蒙的目的，是让蒙蒙帮他在李丛林面前敲敲边鼓。蒙蒙虽然答应了，但她这边鼓没准儿也帮不上忙。于是她转换话题，与范柳刚谈他的美国前妻。范柳刚的美国前妻是一位金发女郎，结婚两年后他们就离婚了。蒙蒙怀疑范柳刚是为了拿绿卡，或者就是假结婚。蒙蒙的怀疑，使她对范柳刚没有了激情。她从沙发上站起来，有一种送客的暗示。当然这暗示，还包括不必要的误会和麻烦。

范柳刚是个聪明人，领会蒙蒙的意思，很快就走了。蒙蒙松了一口气，手脚麻利地整理烟灰缸。这时窗外还在下雨，做晚饭又为时尚早，蒙蒙只好心不在焉地翻看一部小说。从前她很喜欢读小说，如今看得少了，完全是因为没有让她感动的好小说。比如：这部《生活的痕迹》让她看不下去的原因，是现实生活不像书上写的那样苍白。

蒙蒙放下小说，从客厅到卧室走了一圈，发现床头柜上有一本《世界军事》，这是李丛林喜欢的杂志。雄性的躯体、旺盛的精力，就注定了他这一男性角色。蒙蒙翻开杂志，《迈向新世纪的美国核潜艇》的标题又黑又大，它主要描述了冷战时期，孤独游弋于大洋深处的核潜艇，成了超级大国核威慑的主要力量。军事书籍，更多地与军人联系在一起。从前蒙蒙想当一个女兵，如今她依然想当女兵。

某日蒙蒙到大厦买生活用品，路经武林广场时省血液中心的一辆流动采血车用高音喇叭广播《中华人民共和国献血法》。医务人员做着采血前的准备，可几乎没有什么人走上采血车献血。蒙蒙心生悲哀，作为市民她卷起袖子，无偿献血二百毫升。回到家，她让李丛林也去献血；可李丛林正在盘算局行政处财务小金库账目：为给职工们发水果，还是发水产品困惑着。待到第二天，献血的事早已被他忘到九霄云外了。

蒙蒙看完《世界军事》，雨过天晴，窗外沉浸在一片明亮的潮气中。雨后的黄昏，像个情窦初开的少女，静静地站在她面前。她的记忆笼罩着朦胧虚幻的梦影，仿佛一个美丽的少女，瞬间衰老了。蒙蒙非常羡慕表妹徐娃，她总是那样富有活力，追求一种自由自在的生活。那天蒙蒙与徐娃从一家咖啡馆出来，徐娃直奔火车站接朋友，结果那班列车中的人群早已散去，出口处冷冷清清。后来徐娃在火车站结识了一个靠在水磨石柱子上，吹萨克斯管的青年男子。他的曲调让人情不自禁地感到忧伤，许多年来徐娃怕听到这种忧伤的曲调，怕见到眼泪那种东西。她转身离开青年男子时，忽然听见他说："徐娃，你别走。"

"你认识我？"徐娃十分惊讶。

"怎么不认识，你不就是《欢乐时光》的节目主持人吗？"

男子咧开嘴笑的时候，露出了结实的牙齿。徐娃觉得这个笑很特别。她想起美国著名男影星德尼罗在《美国往事》一片中，那个令人难忘的笑。徐娃认为只有极具男性魅力的人才会露出这样的笑。徐娃就是为了这样的笑，与这个陌生男子做了朋友。姨妈知道后，为女儿交了个马路男友感到不安，也看不惯年轻人这样的恋爱方式。

蒙蒙正在淘米，电话铃响了，她三脚两步去接电话。也许是余亮吧，每次只要电话铃响，她都是这样盼望着，但每次又都不是。这天李丛林回家，带回来一包东西，这是他第一天走马上任当厂长。他要新官上任三把火，好好干一场。那包东西是凯丽牌香水，是蒙蒙平时舍不得买的东西。这种东西大多数杭州女人都有，只不过杭州女人与香水的内涵还缺少默契。常常一款香水从早用到晚，像泼翻了香水瓶，熏得人头晕目眩。其实只有若隐若现的香气，才是运用了浅尝辄止的哲学。谁不明白大量投入，过度沉溺都是做人做事的大忌。蒙蒙用香水，只在耳后根轻轻地抹上一滴、两滴，就像是有暗香盈袖，清幽弥漫。

这天晚上李丛林的情绪特别好，一厂之长，比局行政处长肯定有更大的发展。第一天上任，李丛林走马观花地看了厂里的大小车间和后勤部门。工人们老早知道新厂长要来，一些女工们叽叽喳喳盼着新厂长给她们发奖金。蒙蒙不愿意听李丛林啰唆厂里的事。不愿意听，是因为她还没有与他达成共识。她拿着香水，早早地走进卧室。李丛林坐在客厅沙发上抽烟，望着蒙蒙的背影叹了口气。

曾经有一部电影叫《美丽人生》，李丛林特别喜欢导演独具匠心地把寓言般美好的爱情故事放在“二战”残酷背景下，由此产生的悲喜剧令他震撼。这天晚上李丛林失眠了。失眠的原因除了感到肩上的重担外，还因为想起了少年时期，偷偷暗恋的邻居女孩颜泗仙。颜泗仙这个名字，多年来就像一个仙女，洁白轻盈地在李丛林头顶飘飞、浮动。李丛林有时会莫名其妙地吟诵这个名字，有时又仿佛看到她的眼睛在黑夜里成为一道永不消逝的电波。

那时候李丛林十五岁，颜泗仙十三岁。如果从李丛林家西边窗户望下去，正好是颜泗仙的家。颜泗仙家无论白天还是夜晚，通常是不拉窗帘的。这给少年李丛林提供了方便，可以从自己家的窗缝里窥视颜泗仙。这样的窥视，不被发现却一目了然。

颜泗仙走路婀娜多姿，有一种飘的感觉。但从楼上窗口窥视下去，往往最先看到她光滑、美丽的头部。她的头发往后梳成一根马尾，面部十分整洁，没有多余的修饰。她是那种不适合留刘海儿的人，假如她留刘海儿会是什么样子，李丛林心里奇怪地想。

一般李丛林都在黄昏时窥视颜泗仙。颜泗仙的身体，就在李丛林的窥视下，一点点长高，变得丰满起来。那年夏天的某一日，颜泗仙洗澡时窗帘没有拉严实，李丛林窥视到了颜泗仙的裸体。心怦怦地跳，还羞红了脸。颜泗仙的裸体真美啊，雪白的肌肤，颀长的身体，一对小小的乳房正在蓬勃生长。这是李丛林第一次看到女性的裸体。这个女性的裸体，深深地刻进了他的记忆里。从此，颜泗仙作为一个影子，时常浮动在他眼前。仿佛她是他内心世界的一个精神妻子。

李丛林翻来覆去睡不着，轻轻地用手抚摸了一下蒙蒙。自从那天在婆婆家吵架后，李丛林的内心有一种歉疚。但蒙蒙不理睬他的抚摸，正在睡梦里回想一部旧电影。仿佛看到了二十多岁的自己，在旧电影里，青春、爱情和岁月被裹挟着飘来飘去。

五

李丛林没有想到濒临倒闭的凯丽化妆品厂，内部矛盾这么复杂。在他上任前一个星期，第七任厂长调市香料厂、书记调市局机关。厂里一时群龙无首，人心惶惶。小道消息如同暴雨前的蜻蜓，密集地徘徊于低空。凯丽厂将倒闭，凯丽厂大部分职工将下岗，凯丽厂将被兼并。有门路的都打了调动报告，没路子的就怨声载道。现在新厂长来了，职工们仿佛看到了一线希望。

一车间、二车间、金工车间等，无论车间主任还是普通工人，都往新厂长办公室跑，他们向新厂长反映情况。这是职工们对新厂长寄予重望的表现，也是信任新厂长的开端，李丛林对每一个职工反映的情况都做了笔记。

那天最后一个反映情况的是销售科贾小燕。贾小燕原是厂行政科长，常跑局里，与李丛林很熟。她对李丛林能不能搞好千疮百孔、病入膏肓的凯丽厂没有信心。实际地说，李丛林来凯丽厂是自投罗网。如今在国企不景气的情况下，谁还会主动离开政府机关部门。贾小燕为李丛林深感遗憾。贾小燕是厂里众所周知的单身贵族，三十八岁了还没有结婚。贾小燕并不是不想结婚，从心里说她太想结婚了，却不知为什么总是情场失意。

贾小燕在凯丽厂已有十六七年工龄，厂里发生的事她了如指掌。每一轮新厂长对她都好，这就引来颇多议论，但她从不介意。她，我行我素，鹤立鸡群。但是工人们的议论也不无道理，贾小燕最初确实是通过一桩交易，才被提拔起来的。那时候她是包装车间的一名普通学徒，没有想到会被厂长看中调到厂部办公室任宣传员。这是一般工人很难得的机遇，她受宠若惊，觉得一定要好好把握。于是厂长找她谈话时，她又腼腆又脸红。厂长说："你要好好干，你干得好我还会提拔你。"贾小燕脸更红了，低着头不知说什么好。

第二次、第三次厂长再找她谈话，她就老练多了。后来有一次厂长靠近了她，厂长说："天知地知，你知我知。你别怕，一切有我呢！"厂长把贾小燕按倒在办公室的长沙发上，说："我们合在一起吧！"

贾小燕第一次与男人发生了性关系，惊讶自己的处女膜竟献给了一个谈不上爱情的厂长。厂长是她的父亲辈，也是她生命中第一道亮光。为了这亮光，贾小燕躺在沙发上，双目紧闭，任厂长滚烫的身子触碰她冰凉的躯体时，发出嗞嗞的声音，这嗞嗞声使她必须忍受重量和疼痛。

事情过去后，厂长拿掉垫在沙发上染着血迹的毛巾。厂长把贾小燕搂在怀里，轻轻地抚摸着。这时贾小燕用沙哑的声音说："厂长你还要提拔我做团总支书记。"过了一会儿，贾小燕又说，"厂长你要记住。"

窗外亮起路灯的时候，工人们早已下班了。厂长让贾小燕先走，自己敞开大门坐到办公桌前，他要以厂长的尊严，抚慰一下自己丑陋的灵魂。

这会儿，贾小燕坐在李丛林的办公室里。她想助李丛林一臂之力，她说："我有一个改革方案，不知厂长会不会采纳？"李丛林说："只要有创意，当然会考虑。"李丛林对贾小燕，就要比对其他工人随便得多。这使贾小燕心里愉悦，离开李丛林时朝他深情一瞥，内容丰富而复杂。

贾小燕走后，李丛林一个人坐在办公室里沉思。首先，他从大环境考虑问题。目前经济处境艰难，银行系统内逾期贷款和呆滞贷款数额巨大，金融体系异常脆弱。一些不良资产，是国有企业亏损的结果；而国有企业亏损所造成的大量坏账，必然会在某一天拖垮金融体系。国家唯一的办法，是不再给亏损的国有企业输血，让其生产要素转到市场经济轨道上去。

李丛林十分明白，凯丽厂只能自己救自己，不能伸手向国家要一分钱，也不能贷款。这需要实施大刀阔斧的改革计划，虽然艰难，也只能明知山有虎，偏向虎山行了。厂里的重要问题，是要创造自己的名牌产品。在全国化妆品市场立足、打响，才是凯丽厂的出路。然而创造名牌产品需要大量资金，厂里经济衰落，大批货款讨不回来怎么办？货款货款，李丛林现在最需要货款。他像一头焦躁的雄狮，在办公室里来回踱步。

“都几点了才回家。”蒙蒙不高兴地说。

“新官上任三把火，没有资金让我怎么烧三把火？”李丛林发愁地说。

“与范柳刚合伙？”蒙蒙说。

“不，不行。”

“那你派人先把欠款讨回来。”

“对呀，到底是夫人有高招。”

第二天，李丛林决定成立一支讨货款小分队。由销售科贾小燕任队长，半年之内必须把大部分欠款讨回来，功劳大的有重奖。这是一个办法，但不是全部。李丛林的另一个办法是出租厂里的办公楼。职工怎样活？厂长怎样活？企业怎样活？市场怎样活？这是李丛林任厂长以来，满脑子想的问题。他觉得在全国经济不景气的情况下，做凯丽厂厂长就是对自己的挑战。

男人总要不断地向自己挑战，生命才有意义。李丛林不是那种随遇而安、忍耐平庸的人。他内心有一股激情，总是按捺不住地在沸腾的现实生活中折腾。

小时候父亲教他吟诗，他最爱苏轼的“大江东去浪淘尽，千古风流人物”的豪迈；辛稼轩的“把吴钩看了，栏杆拍遍，无人会，登临意”的郁愤，以及李太白的“长风破浪会有时，直挂云帆济沧海”的博大；曹操的“老骥伏枥，志在千里；烈士暮年，壮心不已”的浑厚。他把李清照“生当作人杰，死亦为鬼雄”的诗句，当作自己的座右铭。因此在李丛林健康的躯体内，早就蓄积了太多的激情。

这天晚上，李丛林感到浑身的骨头像散了架一样。他闭上眼睛，许多思绪蜂拥而来。从莱特兄弟制造人类第一架飞机至今，世界已从飞行时代进入太空时代。这时代李丛林曾萌生自己制造一架飞机的荒诞想法。他不在乎成功与失败，他就是想做，想这样活着。此刻，他恍惚看到飞机已初具规模，翅膀和轮子，还有发动机没安上；倒是飞机的称号，被确定为二十一世纪叛逆者号。

李丛林不知道自己什么时候睡着的，一觉醒来发现蒙蒙还没睡便嘟哝道：“你在干啥？”蒙蒙没吭声，脸上也没表情。李丛林对这种毫无表情的脸，曾得到过不同的解释：诡秘、恐惧、坚韧、感情冷漠、深不可测、精神贫乏、神经质。这些解释是如此矛盾，李丛林却在这片矛盾丛生的谷地中绕来绕去。

其实，蒙蒙是刚从阳台上进来编织毛衣的。自从哥哥余亮失踪，蒙蒙每天都到阳台上看风景，渴望看到余亮的汽车。关于余亮有两种说法：一是被劫车者谋杀了，二是与女友度蜜月去了。这两种说法目前尚没有根据，蒙蒙当然愿意相信后面一种。

从前蒙蒙入睡后，身上会散发出一种特别的香气。这种香气由淡变浓，由细小的毛孔悄然张开，像一些细小窗户，任那些香气袭人的小精灵，翕动着翅膀一个个飞出来。李丛林常说这是来自天上的香气，它流经人间，在鲜花、植物以及美丽女人身上停留。然而自从余亮失踪后，蒙蒙身上的这种香气奇怪地消失了。

蒙蒙睡前，喜欢换上一件又大又软的丝质睡衣。她的形体在空荡荡的睡衣里若隐若现，凹凸有致。这样自我审美感觉很好，入睡才会舒畅。如果李丛林不那么快入睡，那么她想告诉他一些情况。但现在她只能闭上眼睛，一个人回味。一个人回味就是回味，两个人就不同了。两个人说着说着，容易沟通，夫妻之间是需要时常沟通的。

前些天，米少山师傅推荐蒙蒙参加一个在杭州召开的全国性工艺美术会议。这使蒙蒙大开眼界，收获不小。艺术与实用两者之间并无清晰界限，也绝对不可以任意指称。比如，非洲加纳的坎蒂服饰和象牙海岸的巴乌利雕塑，就是极好的例子。这些被创造者们视之为同柴米油盐一样不可缺的物品，其线条、色彩、形状，以及内蕴，无可否认地透射出一种时空上的永恒性。

蒙蒙在会上，认识了北京女雕塑家英子。英子长得娇小玲珑，一双大眼睛水汪汪的，闪烁着光亮，格外引人注目。她主动与蒙蒙交谈，除了雕塑，还谈生活。女性生活总有许多互通的地方，她们很快成了朋友。中午休息的时候，英子邀蒙蒙去她房间休息。蒙蒙看见她床上躺着几本时装杂志，便随手拿一本翻看。蒙蒙看见夏帕瑞丽和香奈儿的服装设计作品，但她对她们并不熟悉。她对时装设计师的认识，仅限于皮尔·卡丹。

英子十分惊讶地说："你怎么可以不知道夏帕瑞丽和香奈儿？告诉你吧，夏帕瑞丽是意大利超现实主义时装设计师，她的用色像野兽派画家，强烈、鲜艳，她最爱用一种娇嫩的粉红色，具有马蒂斯风格。而香奈儿美貌、浪漫，销魂蚀骨地迷了整整一个时代。毕加索、海明威、雷诺阿、达里都是她的好朋友。她是时装艺术家中为数不多的，能够走完艺术生命全程，并永获成功的天才。"蒙蒙傻傻地听英子叙述，眼睛盯着她两片薄薄的嘴唇，一张一合，仿佛像炫耀珍宝一样，炫耀她的时装设计师。

下午会议开始时，蒙蒙依然坐在英子身边。英子悄悄地继续她的话题。当她谈到天才女雕塑家卡米耶·克洛岱尔时，蒙蒙来了兴致。蒙蒙说她在爱情上若像罗丹先生那样拿得起、放得下，就不会进蒙特维尔格疯人院了。

六

蒙蒙的哥哥余亮没有开出租车前，是凯丽化妆品厂第五任厂长。他任期三年，年年被评为市级先进模范。但二十世纪九十年代，不是崇尚先进模范的时代。一个歌星、一个私营老板，远远比一个劳模震撼力大。余亮是个聪明人，他聘期一满就急流勇退。

无论怎么说，余亮曾经是企业界的一个名人。当然他的出名，一方面是他经营、管理有方；另一方面也因为女记者胡梦娴的妙笔生花。胡梦娴为他采写的专访《余亮的治厂之道》在报上刊出后，余亮一夜之间成了明星。许多女人到厂经营部，购买美美妇女营养液，并且指定要这个品牌。很长一段时间，美美妇女营养液成了市场上的畅销产品，利润滚滚而来。女记者胡梦娴不仅使余亮出了名，也使自己成为新闻界名噪一时的红记者。那年胡梦娴三十岁，三十岁的生命因为孕育过女儿，显得格外丰满、妩媚。

胡梦娴的丈夫也在报社工作，做副刊编辑。胡梦娴丈夫不喜欢胡梦娴在外面闯荡，认为女人要安分守己，要做贤妻良母；可偏偏胡梦娴不是这一类女人。

那天胡梦娴在家里翻看报纸，那张头版头条登着她采写的长篇专访《余亮的治厂之道》，使她感到辉煌与骄傲。她不由自主地重读自己写的文章，内心被当年的文采和激情深深感动了。她想与余厂长相处的那一段时间，就是最具崇高和热情的。然而在崇高与热情背后，有许多艰难的事情。她因丈夫阻拦而痛苦不堪，丈夫说："你不要给余厂长写专访，这不是你的任务，你还是多一点时间做家务。"丈夫一边说，一边用脚把木盆里的尿布踢到胡梦娴面前。胡梦娴说："你不洗，我洗。家务事小，工作事大，你难道要做一辈子编辑吗？"

"做一辈子编辑又怎么样？"

"真没出息。"

没想到脱口而出的话，伤了丈夫的自尊心，胡梦娴赶紧道歉，但丈夫已一巴掌重重地打在她脸上了。胡梦娴双手捂着热辣辣滚烫的脸，再一次说："你真没有出息。"

胡梦娴与丈夫的感情出现裂缝，追溯起来应该就是从这一巴掌开始的。尽管胡梦娴当时不哭不闹，但这一巴掌深深地烙进了她心里，使她更加坚定写专访的决心。

那天胡梦娴来到凯丽厂采访余亮时，心里充满了自信、理想和憧憬。她对这位身体粗壮却充满灵气的厂长，有一种特别的好感。她认为一个厂长，在上任不到一年的日子里，能扭亏为盈，不是治厂有方又是什么？

第一次，采访余厂长是愉快而顺利的。他们面对面坐在厂长办公室，余厂长叙述，胡梦娴记录。虽然不时有人来向厂长汇报工作，但厂长全部拒绝，一门心思把时间留给胡梦娴。胡梦娴深受感动，无意中被厂长的魅力深深吸引。采访结束，胡梦娴有一种想再见到厂长的愿望。于是初稿一完成，她就奔凯丽厂找余厂长去了。

余厂长那天不在，有人说他到局里开会，也有人说他陪客人游湖去了。胡梦娴心里想等厂长，但又觉不妥。这时工会主席王春春，邀胡梦娴去她办公室坐坐。王春春是个见到记者十分客气的人，而胡梦娴也喜欢与王春春这种四十多岁的女人交谈。她认为这个年龄的女人往往事业有成，且成熟、老练，积累了不少人生经验。胡梦娴与王春春交谈得非常投缘，若不是报社有事，她还想多谈一些时间。

胡梦娴第三次去凯丽厂，是给余厂长送文章校样。余厂长正在会议室开会，胡梦娴只好把校样交给王春春。王春春送胡梦娴到大门口说：“希望你再来我们厂采访，多给我们报道报道。”

现在胡梦娴重温《余亮的治厂之道》这篇专访文章，她被文章中的内容深深感动。猛抬起头，窗外淡淡的秋阳，把梧桐树叶照得玲珑剔透。她的心也被一种高尚、纯净的感情占据。一晃几年，如今凯丽厂怎样？余厂长又怎样了呢？胡梦娴有了再去采访凯丽厂的冲动。

胡梦娴一向尊重部主任，只要部主任一个命令，她便会立即行动。她觉得如今是重新开始的大好时光，谁说没有可采写的东西？中国已步入一个新的情境。时代正在改变，大量新鲜的感受没有被表达。大量新面对的问题，没有被揭示。新现实的新人生，没有被总结。新物质世界引发的新精神世界，正在全面形成，但很少有人能看到整个的图景。

到报社上班，胡梦娴问张主任凯丽厂的近况，因为她很久没有与凯丽厂联系了。张主任说：“这家厂已换了好几任厂长，听说最近这位厂长还挺有干劲。这是一个好线索，你不妨再去做些采访，无论怎样都是第一手资料。”

胡梦娴非常乐意再去凯丽厂采访，她想再见到余厂长，也想再见到王春春。然而她没想到重去凯丽厂采访，就像悬崖撒手，义无反顾地踏上了一条不归路。

七

蒙蒙吃力地扛着自行车下楼，在楼道转弯处差一点绊倒。自从哥哥余亮失踪，蒙蒙总是神思恍惚，手脚发软，心里黑洞洞灰蒙蒙，弥漫着忧伤与烦躁。许多事想推也推不开，比如梦中的那个带毒汁女人，老是纠缠她。也许是某种凶兆在她心里的神秘反应？

蒙蒙把自行车推出大门，早晨的天空清澈如洗，秋天是心旷神怡的季节。蒙蒙想起那一年父亲的问题平反了，恢复名誉，落实政策。余亮也从北大荒调回杭州，兄妹团聚有一种无限的感慨。谁害死了他们的父母？谁让他们骨肉分离？

他们在父母坟上献上鲜花。

蒙蒙的嫂嫂是上海知青，当年他们在北大荒共同度过了艰难岁月。余亮回杭州后，嫂嫂也调回了上海。夫妻俩的距离，就是从这时候开始的。余亮很痛苦，尤其在嫂嫂去了美国后，两个人的距离就更加遥远了。幸亏那年余亮做了厂长，又有了点名气，让他红火了一把。事业成功对男人来说，是很大的安慰。这会儿，蒙蒙骑着崭新的蓝色凤凰牌自行车，停在红灯的十字路口，茫然地望着前方思索着什么。

“蒙蒙。”一个女人的声音。

蒙蒙转过头，看见了盖儿。盖儿欣喜地告诉她：“自从同学会后，我就调到昌盛粮油食品贸易公司，做谭斌部下的办公室副主任了。”

“恭喜你。”蒙蒙说。

“二十世纪九十年代，是朋友互相帮忙的时代，你为什么不调一个工作？凭你这样的形象和工作能力，调一个好工作肯定不难。”盖儿说。

“什么叫好工作呢？”

盖儿一时语塞，但她马上笑着解释：“都什么时代了，不就是调一个钱多的地方吗？”

蒙蒙一时想不出适当的话，便没再吭声。绿灯亮时，她与盖儿道别，又进入了内心的思索。她想活着不容易，人生真正的苦痛，是来自肉体和精神的双重压迫。只有死亡是彻底的解脱，只有死亡是不可更改的结束；但死亡离她还有距离。她所听到的某种刺耳声像尖利的玻璃，或者金属发出的声音，嘭一声，把她排除在外部世界。这时蒙蒙觉得想让自己有成就，还是做一个女雕塑家吧！

“你是怎么骑车的？”一个女人转过头责问蒙蒙。蒙蒙不知所以，女人又说：“你撞了我，还装不知道？”蒙蒙立即表示歉意，女人说：“下次别瞎了眼睛。”

这是鼓楼，前边左拐的小巷里，就是东风家具厂的厂址。蒙蒙在这里工作十多年了，无论从成品还是图片，她见识过许多不同种类、不同式样、不同品牌的家具，但没有一种能像中国古代家具那样讲究材质。明清以前，漆木家具一统天下。此后，榉木开创了硬木家具的新时代。在经历了榉木以后，黄花梨和紫檀在明代中期风靡起来。色泽橙黄而带有美丽棕眼的黄花梨，深受明代文人青睐。它们赋予家具简约、雅致的艺术品性；而紫檀木，沉着冷静，经过精雕细刻，显得精妙绝伦，成为上流社会的一种时尚。

继黄花梨、紫檀为代表的明式家具后，中国传统家具进入了以花梨木、酸枝为代表的红木家具阶段。与质朴带有书卷气息的明式家具相比，红木家具显得豪华、气派，它是清雍正、乾隆以后，中国家具最高成就的代表作之一。大部分成年人，也许都见过传统的红木家具，其红色中夹杂着的深褐色，或黑色的条纹，清晰而富有变化，显现出淳厚含蓄之美。因此红木使家具从简约走向繁缛，从清越走向瑰丽；家具艺术也从一个繁盛时代，走向了另一种辉煌。然而东风家具厂从来没有做过红木家具，红木家具已成了中国的老古董，普通百姓家里几乎看不见了。

“蒙蒙你的信。”郑瑛说。

蒙蒙拆开信封，英子的照片赫然入目。英子写满了整整两大张信纸，用词抒情，富有诗意。蒙蒙为在这个冷漠、烦躁、喧嚣的世界，拥有英子这样热心肠的雕塑艺术家的友谊而安慰、感动。蒙蒙今天开始雕塑《美人鱼》，这是一个比较大的工程。米少山师傅决定让她独立完成，如果可能，就作为全国工艺美术木雕大奖赛的参赛作品，蒙蒙感到荣幸，也感到压力，她浮想联翩。

世纪末世纪末，世纪末都出现了些什么呢？

一百年前，也就是上个世纪末，中国曾出现了康有为、梁启超、谭嗣同这样的伟大思想家、政治家和作家，他们的写作可以说是一个时代的大呼吸、大呐喊、大奔涌；作为他们流风余韵而出现的陈独秀、鲁迅、蔡元培那一代的写作者，也具有大胸襟、大气魄、大想象；可是一百年后，在二十世纪末出现了什么呢？

“你看看这几幅雕塑作品，从中选一幅城市绿化雕塑。”米少山师傅递给蒙蒙一份资料说。原来这都是些城市雕塑应征作品，其中有美院老教授汤守仁构思创作的

《保叔寻太阳》，美院杨奇瑞教授创作的《宋嫂》等作品。凭一种艺术直觉，蒙蒙觉得《保叔寻太阳》具有浓郁的传统文化色彩，人物刻画也比较洋气，就选了这幅给米少山师傅。

八

范柳刚躺在苍茫曙色中，注视眼前的一片光斑。他迷迷糊糊听见某种碰撞的声音，仿佛是酒杯碰响。那片奇怪的光斑越来越晃眼，使他眼前摇摆着一片朦胧的红色。一开始，他以为有一盏聚光灯照在他脸上。他猛睁开眼睛，发现原来是一缕阳光照在写字台前的镜子上，再反射到他的脸上。他想起昨夜是抱着敏入睡的。敏爬到他身上，疯狂地吻他。敏是个可爱的小妞儿，把他逗得瘫软过去像死了一样。他想着敏，猛地从床上蹿起来，发现敏不见了。

枕边有一张纸条，上面有敏写给他的话：“三百元钱还给你，你与我们厂合资吧！”敏是万里化妆品厂厂长秘书。那天范柳刚与万里厂马厂长洽谈合资的事项时，敏就在旁边做记录。敏做记录时不断向范柳刚飘过去媚眼，敏的媚眼让多情的范柳刚动心。

服务员进客房打扫卫生时，范柳刚就去餐厅吃早餐。这时他心里盘算着给蒙蒙打电话。他要把他与万里厂合资的信息告诉蒙蒙，让蒙蒙传达给李丛林。

蒙蒙接到范柳刚的电话时，正在专心仔细地雕刻《美人鱼》。蒙蒙没想到范柳刚又来约她去他住的饭店，蒙蒙犹豫着。忽然《关键时刻》这本书，从她脑海里跳出来，恺撒、哥伦布、林肯等伟人们，一生中的关键时刻惊心动魄，往往只是闪电一念，瞬息角力，注定了世代被人们顶礼膜拜的伟业。所以当星移月转，岁月荒芜，一切细节都已隐去，人们记得的也许只有最终的胜负。但蒙蒙执拗地相信，那样的瞬间，一定会如浓雾背后渐渐明晰的雕塑，屹立在记忆的山坡上。

“好吧。”蒙蒙说。

“不见不散。”

这天正好是周末，李丛林自从做了凯丽化妆品厂厂长，很少回家吃晚饭。一个家的家务，像一座山一样压得蒙蒙喘不过气来。她感叹做人累，做一个有精神追求的女人更累。

晚上蒙蒙安排好菲菲与磊磊，坐在梳妆台前化妆。她的化妆技术并不高明，但她天生丽质，那几条鱼尾纹就不至于影响美观了。此时，她骑上自行车，陷入一种对往事的记忆里。她的记忆总是能像筛子一样，留下她愿意记住的东西。那些阴雨绵绵的黄昏，远处渗透过来陈旧凄婉的歌声，以及范柳刚第918房间的号码，都印在她的脑海里。

二十分钟后，蒙蒙走进新侨饭店大堂，扑面而来的是蒸蒸日上的气息。一个女人在钢琴上弹奏一支舒伯特夜曲，灯火通明处围着一处暗，有着烛火融融的就是咖啡座。蒙蒙朝咖啡座瞥了一眼，那是情人们的世界，甜蜜温馨的世界。

"蒙蒙。"范柳刚从电梯出来，一眼就见到了她。她忽然洋溢着一种愚蠢的激动与别扭的灵性。她说："这么巧，你下来等我？"

"是，是是。"范柳刚说，"我们坐咖啡吧去。"

于是在烛火融融中，蒙蒙与范柳刚面对面坐着。那情调让她心情舒畅，那情调也是李丛林不曾给过她的。这不能怪李丛林，只是一种爱情规格。女人们都知道，爱上一个钱多或钱少的男人，其所享受的爱情规格绝对不一样。他们沉默许久，才开始轻柔地交谈。他们交谈什么并不重要，重要的是他们都喜欢那感觉和氛围。

"有一首诗想送给你。"范柳刚说，"这也是我的心意。"

蒙蒙说："好吧。"

范柳刚向前靠了靠，轻声地朗诵道：

我愿是一条激流

只要我的爱人是一条小鱼
在我的浪花中间愉快地游来游去

我愿是一座荒林
只要我的爱人是一只小鸟
停在枝头上啼叫
在我的怀里做巢

我愿是城堡的废墟
只要我的爱人是一根常春藤
沿着我荒凉的额攀缘上升

我愿是一所小草棚
只要我的爱人是熊熊的烈火
在我的炉膛里愉快而缓慢地闪烁

我愿是一块云朵
只要我的爱人是黄昏的太阳
照射我苍白的脸
射出红色的光焰。

“这是裴多菲的《我愿是激流》。”蒙蒙说。

范柳刚沉默不语，久久地沉浸在诗歌的情景里。

范柳刚低沉的男中音，像磁铁一般吸引着蒙蒙。这之前，蒙蒙从没有听过他朗诵诗歌。那时在学校读书，朗诵诗歌的是李丛林。蒙蒙微微一笑，她的微笑神秘复杂而丰富。烛光中，范柳刚看她的长睫毛，一闪一闪。他们也许都想退回到早年的故事中，拾起浮光片影，进行哲学反思。

“轻松一点吧。到这里来，就是为了让你轻松一下的。”范柳刚说。

“那倒也是。古人说，‘闲坐小窗读周易，不知春去几多时。’我们一辈子能有多少‘春’呢！”蒙蒙仿佛拉开了话匣子，聊天开始变得随意起来。后来，他们愉快地度过了两个多小时。道别时，由于蒙蒙的某种特殊心境，有些神不守舍起来。回到家里，蒙蒙十分庆幸李丛林还没有回来。这样她与范柳刚的约会，便平安无事地过去了。

两个孩子从一个房间到另一个房间，嘻嘻哈哈地追来追去。蒙蒙冲他们喊：“不要玩了，睡觉去吧！”

“什么叫保龄球？”磊磊忽然停下来问。

蒙蒙一下子答不上来，但灵机一动说：“保龄球就是滚来滚去的球，也叫地滚球。”

“我要玩地滚球。”磊磊说。

“我也要玩地滚球。”菲菲说。

两个孩子你一句，我一句在蒙蒙耳边嚷嚷。他们就像窗户，呼呼地吹进来新鲜空气，使家充满氧气和欢乐。而父母就像房子的屋顶，给孩子遮风挡雨、抵挡冷雪酷日。

“你们嚷嚷什么？”李丛林一进门，虽疲倦却情绪很好。

“我们要玩地滚球。”磊磊、菲菲异口同声地说。

“什么地滚球？是保龄球吧？”

“对，就是保龄球。”菲菲说。

“我明天带你们玩个痛快。”

“哇，太棒了。”磊磊开心大笑，菲菲却沉默不语。她想起了自己的爸爸，爸爸去了哪里，为什么还不回家？

这天晚上，十二岁的菲菲做了一个梦。她梦见爸爸去了美国。爸爸在宾夕法尼亚州吉拉德镇的一座小木屋里，与妈妈住在一起。菲菲朝他们狂奔过去，朦胧而遥远，使劲儿奔跑，也到不了爸爸妈妈的身边。菲菲感到有一只野兽爪子在抓挠着她，让她扑通摔倒在地，脸上、手臂上都是血。

菲菲醒了，是在太阳的光辉刚刚照进窗户时醒来的。她口干舌燥，连舌头动一下，两颚都觉得疼。睁开眼睛，她感到眼圈很涩，眼球转动一下也困难，就索性闭着眼睛。这时候蒙蒙在她的额头轻轻吻了一下，她抱住了蒙蒙的头说：“妈妈，你别离开我。”

蒙蒙紧紧地抱住菲菲，有一种叫眼泪的东西，冰凉而湿润，滴落在菲菲脸上。菲菲摆脱梦的纠缠，彻底醒来了。是谁的眼泪？菲菲再次睁开眼睛，看见自己在姑妈怀里，看见姑妈的睫毛闪耀着一颗明亮而晶莹的泪。

自从哥哥余亮失踪后，蒙蒙常有一种想哭泣的感觉。这不仅仅因为余亮失踪，而是失踪给她带来的人生感悟。

人生不过是一个大戏台。

许多人只跳物质的脚尖舞，而蒙蒙跳着精神与物质的双重脚尖舞。她感到岁月艰难，人生苦短。然而这么简单的道理，却要历尽艰辛才能真正明白做人的力量。

这会儿，蒙蒙趁李丛林带着两个孩子去打保龄球，开始收拾房间、洗衣、擦地板。蓬头垢面的她，想把墙角也掸一掸时，门铃响了。

“师傅。”蒙蒙十分意外。

“我路过这里，顺便给你一本雕塑杂志。”米少山师傅说。

其实蒙蒙知道师傅是专程来看她的，这段日子，师傅莫名其妙地对她过于关注。她担心这样的关注，也许会让她难以满足他的要求。

“师傅请坐。”蒙蒙说。

“你那么忙我不坐了。”

“师傅慢走。”

许多年来，蒙蒙对师傅的感情就像对父亲一样。一日为师，终身为父。然而师傅忽然对她有了异样的目光。这目光让她别扭，不自在。她该怎样才能消除师傅对她的异样目光呢？

九

凯丽化妆品厂每个车间、每间办公室都在议论新厂长李丛林。凯丽厂已很久没有新鲜事物引起全厂职工的关注了。凯丽厂也已经很久没有被社会关注了。工人们在新厂长这里，看到了当年余厂长的朝气与活力。工人们认为新厂长比余厂长更出手不凡，有股泼辣大胆、说干就干的勇气。工人们说新厂长干的三件大事，让他们痛快。第一，任免一批中层干部；第二，成立讨货款小分队；第三，让四车间的下岗女工再上岗。

车间里的女工们，吃过午饭喜欢聚在一起说闲话。女工们谈论男人的兴趣，就像男工们谈论女人的兴趣一样浓厚。她们说："李厂长看起来斯斯文文，办起事来却火辣辣，真是人不可貌相啊！"她们说："徐师傅当了十多年的车间主任，一下子被李厂长免掉了，真有魄力。"她们说：

“李厂长让我们重新上岗，我们一定要好好干。”

厂医孙医师中午休息时间，喜欢到车间去转转。这会儿她来到女工小组说：“李厂长是余厂长的妹夫，听说余厂长失踪了，还登过寻人启事，你们知不知道？”

“不知道，余厂长怎么会失踪？”女工们你一言我一语，十分震惊。

“叽叽喳喳，上班时间到了你们还在聊天？”工会主席王春春忽然出现在大家身后，捂着耳朵说，“三个女人一台戏，你们这儿有几台戏？”

“哈，若说戏，你今天最像演戏了。你拿个镜子照照，口红抹到哪里去了？”一个女工一语双关地说。

王春春习惯女工们的揶揄，说：“下午三点开班组会，讨论厂部的决议，大家献计献策，重振凯丽厂。”

“都什么年代了，还开班组会？”

王春春没理她们，一个车间、一个车间跑了一圈，这是李厂长刚刚下达给她的任务。本来让小张在喇叭里广播一下，但她担心工人们掉以轻心，或者马马虎虎，所以非要亲自跑一趟，才心里踏实。这是她一贯的工作作风。她就是凭着这作风，把工会主席一直干到现在的。

多年来，王春春觉得自己是一个很听厂长话的人。比如，昨晚李丛林在全厂中层干部会议上，声情并茂地描绘了凯丽厂的远景图。干部们斗志昂扬、群情激奋、跃跃欲试。谁也不会想到，李厂长在会议结束前点着她的名说：“王春春我给你提个建议，你是凯丽厂工会主席，走出去就是凯丽厂职工的形象代表。我希望你注意一下自己的仪表，我们是化妆品厂，你化个淡妆总不会太难吧？”

李厂长的话，说得王春春面红耳赤，众人大笑。有人说：“李厂长，你老婆一定打扮得很漂亮吧？”

第二天王春春一早起来，不由自主地在大衣橱镜子前逗留了一会儿。她没有时髦的衣服，但买回来只穿过一次或两次的衣服倒不少。她选了一套紫色西装裙，穿在身上确实精神抖擞。接着，她再按照李厂长的要求，化一个淡妆。她从没有化过妆，这一化后来被眼尖嘴快的女工们嬉笑了一通。她并不遗憾，这是一个开端，自身革命的开端嘛！

原先的厂部办公大楼已被李厂长出租，厂部所有科室人员都搬到被木格子隔成若干间的小会议室办公了。王春春隔壁是副厂长朱水根，他们只要身子斜一斜，就可以面对面说话。王春春知道自从来了新厂长李丛林，朱副厂长的情绪一直不好。

朱副厂长虽到了满脸皱纹、两鬓如霜的年龄，但当正厂长的梦想丝毫没有减退。他一直认为他做凯丽厂厂长是名正言顺的事，没想到半路杀出个李丛林。仕途不畅啊，朱副厂长觉得自己很窝囊。那天他向王春春发了一通牢骚后，冷静下来想自己一生坎坷，不安贫乐道还能怎样？他想着想着，竟伤心地掉下了眼泪。王春春觉得男人总是争名逐利，自从余厂长之后凯丽厂垮下来了，还不都是被那些男人争名逐利弄垮的。

这会儿，李厂长与客户谈生意回来，离下班时间只有十来分钟。他本想按时下班，争取回家吃饭。但朱副厂长有关明年合作的计划，使他又不能按时下班了。朱副厂长说："我刚刚与萧山玻璃厂厂长，谈了明年AZUR香水瓶加工计划，如果没有问题你就在这份合同上签个字。"朱副厂长说。

李丛林接过合同，仔细看了一遍，沉吟片刻说："这个合同我不能签。关于明年AZUR香水瓶加工，我们还要研究。"

朱副厂长瞪大眼睛说："还要研究？我们年年在他们厂加工AZUR香水瓶，质量上一直没有问题，还要研究什么？"

李丛林激动地说："我们今年可以不加工AZUR香水瓶，仓库里的库存用一年没问题。我们要尽量节省钱。"

朱副厂长面孔铁青地说："萧山厂就靠加工我们的AZUR香水瓶吃饭，一下子不做了他们心里没准备。我们都是老关系，这样把人家逼上绝路我做不出来。"

李丛林严肃地说："老关系老关系，我们现在要节约开支，不能感情用事。”

朱副厂长终于憋不住大发雷霆，面孔由白转红，火冒三丈地说：“你这是什么意思？好像我朱水根拿回扣似的，告诉你，这个副厂长我不干了。”朱副厂长说完，气冲冲拎起皮包走出办公室。王春春见此情状追出去，朱副厂长头也不回地走了。王春春知道朱副厂长就是这种火暴脾气，应该不会有事的。

王春春回到办公室，李厂长已坐到了自己的办公桌前。李厂长的办公桌在最东面，单独拦成的一个小间里。那里只有一桌两椅和一张长沙发。王春春进去时，李厂长正有一种不知所措的茫然感。

“老朱脾气急躁一点，人还是不错的。”王春春说。

“我语气重了点，明天找机会向他道歉。目前厂里经济不好，节约开支十分重要。”

“那倒也是的。从前我们厂管理不严，浪费太多。干部们首先没有主人翁的态度，认为国企倒闭了也是国家的。那些捞一把就走的干部不少，坐吃山空的凯丽厂怎么会不濒临倒闭呢？”

“重振凯丽厂不仅是每个干部的事，也是每个工人的事。我们要把厂里的情况向全厂职工摊牌，让每一个职工都有危机感、紧迫感。我们要调动职工们对工作的热情与创造性。”

“有李厂长这样大刀阔斧的改革，我们厂肯定会振兴。到时候我们工会，就又可以多搞些活动了。”王春春的话，李丛林听了颇入耳。李丛林觉得来凯丽厂没错，一定要把握世纪末赋予他的好时代。凯丽厂对他来说，仿佛就是一块没有开垦过的处女地，正等待他去建功立业。

李丛林忽然想起少年时代看过的影片《巴顿将军》，虽然没有再看一遍的机会，但影片的故事一直活在他心里。他清晰地记得它的结尾：在一片原野上，巴顿缓缓地走在如血的残阳中，完全没有了昔日叱咤风云、纵横疆场的将军气势；他忧郁、惆怅，与夕阳一样落寞。

当年李丛林不会理解巴顿在夕阳中的心境。事隔多年，他才渐渐理解他，懂得他。他是一个真正的军人。他是属于战争的。然而仗打完了，人们不再需要他了。他将回到美国，过一种平凡生活，老此终身。再也没有飞机大炮、惊天动地的怒吼，再也没有吉普车的颠簸，坦克装甲车的轰鸣。人们不再需要他，人们甚至很快就会把他忘记。于是李丛林想，一个生来就为了打仗的人，为什么不在最后一场战斗中死去？这是不是历史剥夺了他一个军人马革裹尸的荣誉？李丛林仿佛看见巴顿走在如血的夕阳中，他周身流淌着历史上那些伟大战士的血，是真正属于战争的。但他没有在战争中死去，却死在了战争结束后不久的一次车祸里。李丛林觉得巴顿是一个真正的军人，那么他是不是一个真正的企业家?

厂部办公室，所有的科室人员都下班回家了，只剩下李丛林时，电话铃响了。

“我是贾小燕，我在吉林。”贾小燕说。

“货款讨得怎样？”

“厂长只关心货款，不关心其他？”

“其他有什么？”

“没什么。我们情况很好，任务完成得不错，部分货款可以马上汇回来了。”

“那好那好，赶快回来吧。”

贾小燕本来想在电话里向李丛林撒娇，可李丛林没领会，一点不懂得她的心意。贾小燕有点沮丧，觉得李丛林只把她与工作联系在一起。

李丛林搁下贾小燕的电话，心里十分高兴。他想贾小燕的确是个人才，提拔她为销售科长完全正确。销售科好比一个厂的心脏，只有销售搞好了，才能搞好整个厂，李丛林对销售科充满信心。

李丛林走出厂门，路灯已经全亮了。他忽然想起母亲让他买年画的事，便去新华书店。书店里，那些苏州桃花坞年画、四川绵竹年画、天津杨柳青年画和山东潍坊年画，赫然入目。母亲最喜欢天津杨柳青年画，那种素雅柔和，线条流畅，古朴凝重，很有感染力。尤其是描绘戏剧内容的年画，人物性格、神态、表情、举动都出神入化，极为出色。文戏中人物的优美身材和细腻表情，武戏里威猛灵活的工架姿势，以及戏中最精彩的情节和场景，都能在画面上集中展示出来。小时候，李丛林最喜欢杨柳青童子骑在鱼身上的那幅年画。画上的童子稚拙天真的笑意，和他手腕、脚脖子上胖嘟嘟的窝，是世界上最美丽的形象之一。李丛林想：就买这一幅吧！

十

女记者胡梦娴在一项有奖彩票中，十分幸运地中了香港游大奖。她把采访凯丽厂的事，稍稍往后延期了些日子。手里握着一张地图，沿着香港高低起伏的马路走了半天，此时她正要去地铁站。

香港地铁站的松散与宁静，是上海你抢我夺的地铁里从未有过的。胡梦娴在自动出售的地铁票背面地图上画了要去的地方，那是最繁华地带，所有店铺都争红斗绿地敞开着。庞大高耸的楼群，在她不停行走中，重叠四周。顿时人变得渺小、孤立。

累了，胡梦娴索性在路边坐下。卸下行囊看车来人往、看行人像车辆一样自觉整齐地在斑马线内，等候绿灯。看戴有色镜片、发丝光润、衣着楚楚的香港男生匆匆而过。而化妆清淡的白领女人，每一处细节都精致得惊人。

胡梦娴是个过客，她以记者的敏感坐在一个陌生而繁华的都市街边，体会其中的有序无序。在那些背景般摩天大楼的某扇窗户里，胡梦娴被这个城市的一双眼睛当成一道风景摄入，而浑然不知。胡梦娴在香港最关注时尚，关注年轻人的打扮。风靡全世界的烟灰色，在香港有很多表现形式：针织品与法兰绒相配，皮草与薄薄的雪纺组合，呢料长裤，呢料雪花绒大衣，还有呢料的扣襻船形鞋，都是一律烟灰。

从香港回来后，胡梦娴最明显的特点是一身烟灰色。这一身她穿了洗，洗了又穿，认为在杭州是最前卫的打扮。于是有一天晚上丈夫带孩子回父母家后，她就穿一身烟灰色出门散步。

胡梦娴家就在浣纱路一栋灰色楼房里，她穿过马路向东走，对面就是太平洋电影院，橱窗长年陈列着各种电影广告。有时是异国风情十足的电影剧照，有时则是大幅宣传画。胡梦娴每经过此地，都要注视橱窗镶满美丽女演员的倩影。

前边是官巷口立交桥，供销大厦水晶般明亮的玻璃上，晚霞正婀娜多姿地舞蹈。胡梦娴沿着台阶走下立交桥，桥侧是岗亭。胡梦娴曾梦想做一名警察，像香港电视剧里的女警官一样，英姿飒爽。

逛商店是女人的通病。尽管胡梦娴身上没有带钱包，但她走进供销大厦依然一个柜台一个柜台看过去。如今大厦里也有书柜，胡梦娴一走到书柜就忘了时间。书柜里有《普希金全集》，她随便抽出一本翻翻，认为俄罗斯永远是值得关注的国度。那片辽阔的土地曾一再萌发撼动人心的激情，胡梦娴喜欢普希金的原因，是他始终关注着俄罗斯的方方面面。这时一个中年男人的手提包拉链钩住了胡梦娴的长发，她一声尖叫，那男人慌忙说："对不起，对不起。"胡梦娴把头发从男人的手提包拉链里解下来，他就逃跑似的快步离开了她，谁知道他是不是故意的呢？

走出供销大厦，夜晚的杭州早已是灯火辉煌，车如流水、非常美丽。美丽这个词，在形形色色的饭桌上总有人夸奖她。有时候这个词，蜂拥而至，居心叵测。这个词出现得太多，像酒的气息缭绕不已。胡梦娴觉得它们有时候被抽去了真义，变成了纸形的蝴蝶和花。

人在江湖，身不由己。

在杭州这座城市，不知有多少雄心勃勃的女人，变成了美丽的鸟儿。她们在天堂飞舞，是这个城市隐秘的景观。胡梦娴想起一首歌：

如果你感到幸福你就拍拍手

如果你感到幸福你就跺跺脚
如果你感到幸福你就捏捏鼻子
如果你感到幸福你就揪揪耳朵

十一

李丛林把年画送到母亲家时，母亲正在备年货。母亲把新鲜的鸡、鸭、鱼、肉杀杀剖剖、洗洗刮刮。母亲见到儿子回来，就从头到脚地打量着他说："瘦了，瘦多了。"

"吃饭吧？"母亲说。

"吃过了。"李丛林说。

"我做了你喜欢吃的腌鱼干、花椒鸡。"

"下次来吃吧！"

李丛林推托着离开了母亲家。走在大街上，他忽然看到一个似曾面熟的女人，脸蛋儿与神韵很像他曾经暗恋的颜泗仙。颜泗仙如今在哪里？

颜泗仙仿佛就是李丛林幻觉世界里的一盏灯。当他一个人在黑暗旅途中摸索时，他就会看见她在远处闪烁。他的心情就会激动，内心就会感到有力量。实际上，颜泗仙是他内心世界的一个精神妻子，这个妻子冥冥中给他力量。

李丛林边走边想，许多事物蜂拥而至。他觉得范柳刚与万里厂合资，对凯丽厂不利。因为，范柳刚与他在本质上是完全不同的两种人。李丛林出于生存的本能，懂得多一个竞争对手，都有可能导致凯丽厂倒闭的危险。然而事实摆在面前，李丛林只有下定决心，创造出一个崭新的凯丽厂。

李丛林回到家里，磊磊、菲菲已经入睡。蒙蒙与表妹徐娃正在通电话。徐娃的电视台节目主持人工作，颇让蒙蒙羡慕。它常让蒙蒙想起一些著名人物，比如，赵忠祥、靳羽西、詹宁斯、拉瑟、克朗凯特等。总而言之，节目主持人仪表堂堂、知识渊博、魅力无穷，非一般人能比。徐娃虽然无法与这些著名人物相比，但她已是电视台节目主持人中的后起之秀。

蒙蒙搁下徐娃的电话，李丛林洗漱完毕朝蒙蒙走来时，蒙蒙心里升起一股莫名的怒火，一口气说道：

“你是不是把家当旅馆？你天天守着那个破厂？你究竟能干出些什么？”

李丛林被蒙蒙当头一棒，他想解释，但越解释就越解释不清楚，只好沉默，让蒙蒙冲他发泄个痛快。然而蒙蒙一个人，说着说着就觉得无趣了。她知道过多的唠叨是更年期的表现，她才三十五岁，不想三十五岁就有更年期的症状。

这一夜李丛林没能如愿以偿地做爱，已连续好多次遭到蒙蒙的拒绝。蒙蒙总是一躺到床上就叫累。累了，就没有心情。而李丛林不是那种躺到床上，就可以呼呼大睡的人。他心里想着凯丽厂的工作安排：明天，一个叫胡梦娴的报社记者要来采访。明天，范柳刚要来凯丽厂参观。明天，贾小燕讨货款小分队凯旋。明天……李丛林迷迷糊糊睡着了。睡梦里，他游荡了绍兴的沈园。

从梦中的沈园醒来，天已经亮了。这是一个平常的黎明，李丛林起床，洗漱、吃早餐。冬日里初升的太阳，从东面窗户照进来，给本来灰暗的屋子带来了亮堂。早晨的时间，一切都是匆匆的。李丛林匆匆赶到厂里，坐到厂长办公桌前，一天的工作就开始了。他翻阅文件、听取汇报、接电话等，现在他让王春春到厂大门口，迎接前来采访他的记者胡梦娴。

胡梦娴见到王春春，犹如见到老朋友说："别来无恙。"

"哪里哪里。"王春春说。

王春春带胡梦娴来到厂长室，胡梦娴与李丛林几乎异口同声说："怎么是你？"

也许是不打不相识，胡梦娴对李丛林的采访格外认真。她想写一篇比《余亮的治厂之道》更出色的专访文章。

采访结束后，她本想与李丛林谈些别的东西，却遇上了万里厂董事长范柳刚。范柳刚经李丛林介绍，与胡梦娴互相交换了名片。之后，他们又互相对视片刻。胡梦娴觉得这张白皙俊秀的脸上，鼻子挺直，牙齿雪白得如同一道闪电，且穿着讲究。虽然有点发福，但怎么看都有点像美国华裔影星尊龙。胡梦娴对尊龙向来有好感，她觉得他的深度、成就，与他的漂亮程度完全成正比。

十二

过年前夕，蒙蒙准备了两份礼物。一份给婆婆，一份给姨妈。这是她每年必做的事。中午她从厂里溜出来，给姨妈送礼物。绕小路、穿小巷，蒙蒙的自行车快如飞鸟。姨妈最近搬到南都花园一栋新房子的六楼住宅里，蒙蒙气喘吁吁地按下电铃，徐娃穿着一件棉睡衣，趿着拖鞋来开门："表姐，你今天怎么有空来？"

徐娃身材苗条，娃娃脸，她谈不上眉清目秀，倒是长得很甜、很讨人喜欢。她是姨妈第二个孩子，姨妈没生下她时，姨父就失踪了。徐娃从没见过父亲，她听姨妈说父亲没等她出生就死了。

徐娃整天乐呵呵，她脱掉棉睡衣，换上一件烟灰宽松羊毛衫。羊毛衫胸前有五彩抽象图案，看上去很新潮、很艺术。蒙蒙忍不住说："是不是去会你那位马路男朋友？"

“早吹了。”徐娃说。

这时候姨妈从里屋出来，她看见蒙蒙说：“睡得死沉死沉的，都不知道你来了，你今天休息？”

“表姐提早给你来拜年，是请假出来的。”徐娃说。

“别客气，都是自家人，下次别买东西来了。”姨妈说。

“你们谈吧，我走了。”徐娃说。

徐娃走的时候，给蒙蒙抛了个飞吻。姨妈看见说：“你看你看，都学的什么丑样。”

姨妈与蒙蒙的感情，如同亲生母女一样，不过也存在着两代人的代沟。许多事情，蒙蒙也是不能与姨妈说，说的都是一些客套话。

“姨妈你的胃好些了吗？”蒙蒙说。

“总是老样子，不好也不坏。”姨妈紧锁双眉摇摇头说。

蒙蒙很熟悉姨妈这种表情，姨妈有这种表情的时候，就是陷入沉思的时候。她已六十五岁了，皮肤依然白皙，腰背也挺直，颇有老年知识女性的风采。

蒙蒙小时候，经常跟母亲来姨妈家做客。母亲比姨妈大两岁。母亲与姨妈聊天的时候，蒙蒙就与徐娃玩。母亲与姨妈总有很多话说，她们说什么蒙蒙不清楚。后来母亲下放去干校，再没有回来。姨妈去干校看过母亲两次，但后来姨妈为了自己不受牵连，就没有再去了。

这会儿蒙蒙坐在姨妈对面的沙发上，望着姨妈沉思的样子，觉得姨妈又在回忆往事了。

往事令人伤感。

蒙蒙正想离开姨妈家时，姨妈忽然问：“余亮有消息吗？”

“没有。”蒙蒙说。

蒙蒙来到派出所询问哥哥余亮的案件，派出所干警说已上报公安局。于是蒙蒙又找到公安局那位分管余亮案件的负责人。然而这位负责人，并没有给蒙蒙一个满意的答复。许多案件时间一长就不了了之。蒙蒙走出公安局，一股悲哀的情绪油然而生。余亮和蒙蒙从小就没有过什么好日子。父母过早双亡是他们兄妹最大的不幸。如今余亮凶多吉少，蒙蒙忽然觉得自己孤苦伶仃受尽煎熬。

蒙蒙真想大哭一场。

所有悲惨的词，像潮水一样涌到她心里。这潮水将她推着、撞着，她的头顶、四肢、头发、指甲、皮肤统统都感到了一种推撞和晕眩。回到木雕车间，蒙蒙再也没有力气雕刻《美人鱼》了。她拆开从传达室带上来的一个贺卡，贺卡是德国美丽的玫瑰花园。花海如潮，似乎让她嗅到了玫瑰的芳香。这是一个叫翠的同学给她寄来的贺卡。翠十多年前嫁到德国波恩。翠在贺卡上写着，夏天回中国来。翠说她非常想念中国。

蒙蒙想起玫瑰花一般的翠，想起一起跳舞的情景。那时候她们的舞蹈相片，陈列在杭州各大照相馆里，有几张还被报刊醒目地刊登出来。她们对自己的美丽信心大增，噔噔噔地上学，又噔噔噔地回家来，把兴奋压在心里，又浮在脸上。时间一晃，很多年过去了。翠寄来的照片，看上去比她的实际年龄要老许多。女人易老，一年三百六十五天，光阴飞驰如电，日子并不那么禁过。用朱熹的诗句形容："未觉池塘春草梦，阶前梧叶已秋声。"是再恰当不过了。

下班的时候，米少山师傅悄悄送给蒙蒙一尊古沉木雕杨贵妃。这是师傅的精品之作，也是一件融自然美与艺术美为一体的高雅藏品。蒙蒙知道古沉木是千百年前深埋在江河底程的枯木残根。随着年代久远，改变了原来的物理性能，形成了古朴凝重、铜打铁铸般的效果。造诣高超的雕刻艺术家，对古沉木大都情有独钟。一旦灵感闪现，便因势利导，根据材质施展刀艺。高明的艺术家往往重神韵、重材质，既保持天然姿态，又进行细致的雕刻砂磨使其浑然一体。

米少山师傅把杨贵妃送给蒙蒙说："你要认真刻苦钻研雕塑艺术，你一定会成为一名优秀的雕塑艺术家。"师傅的话，让蒙蒙对雕塑艺术充满信心，但与此同时，她也害怕师傅送她这么贵重的礼物是否有暧昧之心？

蒙蒙捧着古沉木雕杨贵妃回到家里，李丛林已先她到家了。这是李丛林做厂长以来，第一个早回的日子。李丛林问："这是你的作品？"

蒙蒙说："不是。"

李丛林说："出去吃饭吧？"

蒙蒙说："没心情。"

窗外的声音与平时一样，对面楼群里的小女孩，还在断断续续地练琴，每每弹到换指的地方就停一下。一双手仿佛在系鞋带一样，永远不能利索。有人在看电视，也有人"砰"地推开一扇木窗。周围的世界都发生了巨大的变化，这变化明显地多了物质，少了精神的东西。大家都在为钱奔忙，生活少了情调也少了乐趣，更少了人与人的沟通。

家里水池养着一条鲫鱼。蒙蒙忽然很有兴致地杀鱼剖腹，把鳃掏净，把胆翻出来，然后放上葱、姜、酱油和料酒，在煤气炉上慢慢蒸。

今天磊磊、菲菲去了奶奶家，难得的一个清闲日子。蒙蒙就坐在桌边，看白色的蒸汽慢慢地从锅盖的缝隙中出来，淡淡的、轻轻的，在空气中一一展开，十分好看。锅里开始噗噗地响，蒸汽越来越浓，越来越白，浓重的白色汽团像白色的大花，在精钢锅上方美丽绽开。一朵一朵，蒙蒙感动地望着它们，不时地看看挂在墙上的电子钟，终于闻到了清蒸鱼的香味。最后等够了时间，把锅盖一揭，满锅蒸汽携带着辉煌的鱼香，扑面而来。

“真香。”李丛林说。

“那就多吃点吧！”

“贾小燕把大部分货款讨回来了。”

“讨回来又怎么样？万里厂如今是中外合资，你哪里是他们的竞争对手。”

“你怎么这样说话？”

吃完晚饭，李丛林主动洗碗。蒙蒙站到镜子前，黄昏的光线没有白天强悍，半明半暗。她从镜子里看到自己的脸，充满层次、富有质感。在这些层次和质感中，蒙蒙看到一种由于深受创伤而获得的美感在闪动、凝固。她不知不觉地美化着自己，完全沉浸在自恋中，一次又一次，感到了自己的魅力。

一个女人能够在三十五岁还保持如此的魅力很难得。婚姻和生育，都是对女人的挑战。被婚姻和生育破坏了童贞和纯洁的女人，被暴露并无情侵蚀了生活的肮脏、残忍以及痛苦的女人，从此变得潦草而且粗糙。只有少数女人能抵抗一切，变化为优美洁净不容污染的生物。

“我们出去散步？”李丛林说。

“我要洗澡。”

其实，蒙蒙压根儿不想与李丛林散步。她觉得与李丛林散步，毫无情调可言；还不如躲进浴室，独自思考些什么，检点些什么。浴室，有一种裸然相见的平和气氛。

取暖器搁在一个木架子上，蒙蒙一边洗澡一边想，在她的生命经验里，十八岁涂满玫瑰色抒情诗的爱情，二十岁长亭外、古道边、芳草碧连天的爱情，与今天她所理解的爱情是那么地大相径庭。

每天晚上当那盏失血的、耷拉着头颅的台灯熄灭之后，蒙蒙便把那张大床想象成一片硕大的荒原，身边蔓延着杂草和沙漠。一缕凉凉的月光，从窗幔的缝隙滑进来。蒙蒙舒展四肢，躺在松软的草垫之上，头枕岩石，四周杉树林立，叶影婆娑。她呼吸着令人陶醉又茫然的树脂和青草气息，感到野草和雨滴在她身上徜徉流淌，绷紧的身体松软下来，内衣从身上自然滑落。

人们把人类文明最后的一层遮饰布，抛到远离床榻之堤的野草上。那些粉红色、乳白色和黑色的内衣裤，像一只大鸟飞到草丛中。蒙蒙在床榻之上，想象一个高大滞重的男人，一匹强健旺盛的骏马。或者是玛格丽特·杜拉《情人》中，那个湄公河堤岸公寓里的东方男人。那个纤秀、痛苦、窒息，充满了死亡般欲火的情人；而把自己想象成那个罗马女人阿德丽亚娜。那个为需要和欲望，委身于人的女人阿德丽亚娜。

蒙蒙发现自己只顾淋浴没有擦洗身体，便往身上抹洗浴液。这时候窗外传来一个女人的歌唱，很像姨妈的声音。姨妈曾是歌唱冠军，她温柔明亮的歌声，已经很久没有听见了。小时候在姨妈家，印象最深刻的是客厅永远垂着亚麻布窗幔，风一吹，就沙沙拂动。她站在光亮的地板上，常常有一种恍然如梦的感觉。幸亏那时候姨妈家有许多唱片，她最喜欢听姨妈放贝多芬的《命运》。虽然第一次听什么也不懂，但那激昂的旋律却让她站在窗前一动不动。姨妈后来常放这首曲子，每一次听都有不同的感觉，从来没有让她厌倦过。直到成年，她对贝多芬有了更多的理解与热爱，才逐渐明白在《命运》交响曲中，命运对人的支配力；以及贝多芬是如何把内心尖锐的、无以调和的矛盾和多种多样的对立情绪，表达得淋漓尽致的。

电话铃响了起来，李丛林去接电话，他喂了几下，对方没有声音便搁下话筒，坐回沙发看电视。此时，他在看英国导演尼尔·乔丹的影片《哭泣的游戏》。这部以爱尔兰共和军为背景的电影，有太多的秘密掩藏在乱世浮生之下，由生死爱恨交织而成的毫无规则的游戏，演绎着令人哭泣的岁月。

蒙蒙洗完澡出来，电话铃又响了。她拿起话筒，范柳刚在电话里莫名其妙地说：“我绝不会破坏你原有的东西，明白那是你心爱的东西。但我爱你，不会为了爱你让你痛苦。只是爱你，想亲近你。我知道我们之间的感情，你也喜欢，也珍惜。我要让你感到高兴。”

蒙蒙把话筒紧紧贴住耳朵，并用手掌捂住，生怕范柳刚的声音会逸出来。她一边望着李丛林，一边被范柳刚的声音推入到旋转着金色花朵和清白月光的境界。她舍不得放下那份贯穿于全身的骚动，又清晰地感觉着丈夫强筋劲骨的厚实可靠。她有一搭没一搭地和范柳刚说话，不一会儿，她听见他约她明天下午三点半在吴山见面。

电话挂断了。她将拿着话筒的手，搭到了李丛林的肩上。电视里《哭泣的游戏》已近尾声。李丛林问："谁打来的电话？"

"一个朋友。"蒙蒙说。

十三

贾小燕走进办公室的时候，觉得头晕目眩。昨晚她没睡好，她梦见自己与李丛林在一起。睡梦里她听到呼啸的狂风和浪潮般的雨声。空气带着阵阵凉凉的气息，通过窗户流进来。李丛林默默地坐在床边，他的手指在贾小燕脸颊上，如飞蛾般轻轻触摸。贾小燕激动极了，嘴里发出“哦哦”的声音。然而贾小燕睁开眼睛，发现什么也没有发生，梦是子虚乌有的。

贾小燕为自己悲哀，心想为什么自己这么优秀，竟没有一个优秀男人愿意娶她做老婆。贾小燕暗恋李丛林，想起那年局里组织敦煌之行，凯丽厂派她参加。一路上，就有了与李丛林接触的机会。那天李丛林说佛家有禅宗一派，禅有《六祖坛经》一书，书里记载了六祖惠能的：“我心自有佛，自佛是真佛。”他不同意六祖惠能的这个说法，既然佛在我心，那又何必逢庙烧香，遇寺磕头，风餐露宿、千里迢迢去寻找外在的皈依之道呢？贾小燕喜欢听李丛林的高谈阔论，但她没有李丛林的文化修养。李丛林说的，她多半听不懂，也还是喜欢听。

这会儿，贾小燕想起那天他们是乘尼桑吉普车，沿着古丝绸之路奔赴敦煌的。车灯划破夜幕，颠簸在茫茫的戈壁公路上。四周万籁俱寂，宇宙间的一切都凝固了。那里听不见鸟叫蛙鸣，看不到路旁有鲜花绿树，死寂的大沙漠像月球一样荒凉、恐怖。天苍苍、野茫茫，似乎死亡离他们很近。有那么一刻，他们浑身战栗，到了绝望的边缘。贾小燕庆幸自己坐在李丛林身边，在汽车颠簸中，好几次倒在李丛林怀里。直到莫高窟展现在他们眼前，才舒展全身，精神饱满地被一种前所未有的东西震撼。

那一座座洞窟中的壁画，有婀娜多姿的飞天、造型优美的莲花、飘舞的长巾、艳丽的葡萄、衣袂飘飞的伎乐天……以及那佛传与经变的故事。无数的飞天、雨师、羽人、药叉、婆斯仙、梵天、帝释、天龙八部和那奇异的鸣沙山、月牙泉、三危佛光……面对这美丽辉煌的巨大冲击，一瞬间贾小燕与李丛林感到心里涌出一种无法解释的满足，仿佛圣泉流淌胸间。

离开敦煌已是黄昏时分，夕阳迷蒙地笼罩着整个断崖，显得深沉、庄严。李丛林望着车窗外大漠戈壁，忽然想起古人诗句：“大漠风尘日黄昏，红旗半卷出营门。”这是古诗中风劲沙猛的画面，而他们恰好置身在活生生的现实中，尼桑吉普车继续向东驶去。贾小燕觉得敦煌之行，让她与李丛林的距离缩短了。那些日子她终日守在电话机旁，静静等待哗然而起的铃声。然而那个电话机像一只死猫，卧在贾小燕床边一声不响。

如今李丛林做了凯丽厂厂长，贾小燕也做了销售科长。他们天天都能见面，见面时心情是愉快的。尤其是贾小燕出色地完成讨货款任务后，李丛林对她刮目相看。不过，贾小燕也有对李丛林刮目相看的地方。贾小燕认为李丛林作为一个新厂长，最让她赞赏的便是与朱副厂长唱反调。李丛林停止朱副厂长在萧山玻璃厂加工 AZUR 香水瓶是完全正确的。贾小燕知道朱副厂长在萧山厂每年私下里都能捞进不少回扣。虽然萧山厂替他保守秘密，但还是有人泄露事实真相。现在李丛林一切为厂里着想，今天还亲自写了通知贴在厂大门口，号召全厂干部下班后清扫垃圾山。

此时，李丛林在小会议室召开厂级干部会议。干部们一个个全神贯注，聚精会神。李丛林谈了改革方案和工作计划。他一再强调要勒紧裤带节约每一分钱。说凯丽厂的每一个工人都是厂的主人。这一点做不到，我们的工作就会付之东流。凯丽厂就有可能重蹈破产的覆辙。他又说人心齐，泰山移，古话永远有金子般的价值。

会议快结束时，李丛林问厂主办会计陆婷说：“我们厂研制一种新产品，资金不够是否可以动员全厂职工集资？”陆婷对李丛林提出的问题，做出了积极的反应。她说：“我们厂可以搞。如果全厂职工每人集资最低一千元，就是一笔相当可观的资金。再以这笔资金通过合法渠道，作为工厂恢复生产的投入性资金，自然就可以获得与银行的同等利息。”

半个多月后，李丛林经过再三考虑，终于决定集资筹款。通知发下去那天，大部分职工纷纷响应，整个厂热闹极了。

有人说：“勒紧裤带也是为我们厂好。”

有人说：“集资利息比银行高。”

有人说：“厂搞好了，我们职工福利才会好。”

贾小燕一人买了九份，为厂集资九千元。李丛林却只买了一份，钱也是向母亲借的。因为那天晚上，由于义务劳动深更半夜回到家时，卧室门被妻子蒙蒙反锁了。他在客厅沙发上睡了一夜。第二天一早天蒙蒙亮，趁蒙蒙上卫生间的当儿，他轻轻地钻进了蒙蒙的被窝。

李丛林什么也没有解释，只小心翼翼地搂着蒙蒙。蒙蒙睁大眼睛望着天花板，虽然怒气已经退潮，但脑子里一片空白，只觉得干渴难当。她推开李丛林，欠着身体下床。

“你要干什么？”李丛林问。

“我要喝水。”

“你躺着，我给你倒热开水。”

李丛林扭亮床头灯，不顾冬天寒冷，短裤衩、汗背心、趿着拖鞋去厨房。橙色灯影中，他整个身体十分健美。蒙蒙望着他健美的背影，僵硬的心柔软了起来。

咕噜咕噜喝完半杯水，他们的胸口都漾起一丝温馨。李丛林趁这一丝温馨，与蒙蒙谈起了凯丽厂集资的事。蒙蒙没有做出任何反应，李丛林便不再吱声。这天早上，李丛林没吃早餐就走了。蒙蒙并不知道他去向他妈借款，若她知道肯定会阻拦，免得他妈疑心她和丛林吵架。

蒙蒙对李丛林瞒着她向他妈借钱的事很不高兴。蒙蒙也对婆婆电话里指责她不关心她儿子懊恼不已。这天下午三点半，蒙蒙与范柳刚如约而会。他俩爬了吴山，看了山上的周新殿、大观台、酒仙楼、文昌阁戏台，然后来到范柳刚的 918 房间。这是蒙蒙第一次来，房间里暖暖的，蒙蒙脱掉黑色呢大衣，里面一身红色，看上去青春热情。

“这里有暖气，洗个澡吧？”范柳刚说。

“家里有热水器也有取暖器，洗澡不成问题。”

“总没有这里暖和。”

“那倒也是，洗就洗吧！”

一会儿蒙蒙进浴室，宾馆浴室确实比家里洗起来舒服。水落到她的皮肤上，温暖、润泽、畅快无比。水花溅在女性躯体上，如同一棵优美躯干上迅速长出许多透明花朵。它们飞快地变幻着，生长和消失，诞生出新的花朵，从不重复，自天而降。天就是高处的喷头，携带着激情和力量。它们是一种向下流淌的火焰，所到之处唤醒蒙蒙的血液。

蒙蒙晕眩、激动、如梦般地跨出了一步。

好比一个初学游泳的人，在游泳池边徘徊犹豫了许久，终于一闭眼、一咬牙跳了下去。

范柳刚说："洗过澡是不是很舒服？"

范柳刚说："你以后就来这里洗吧？"

范柳刚说："你不高兴？"

范柳刚说："你很快就会高兴的。"

蒙蒙有点羞怯，想象中的美妙就像天国佳果，远远地悬挂着。她体内的汁液，凝固成一小坨固体，冰冷而坚硬，顶在心口上。

蒙蒙感到身体的压迫。

范柳刚如火如荼的激情迸溅，仿佛有种神奇的魔力，令蒙蒙愉悦。这是一种什么样的运动？他在她耳畔轻轻说："我终于等到了这一天。"

蒙蒙沉默无语，脸色却是娇艳般红晕。这一步，她仿佛在瞬间跨过了一个时代。从一个熟悉、平安、沉闷、清高的时代，跨进了一个陌生、激动、不安和奇妙的时代。她从内心到外表，迅速地全面更新。与李丛林生活的十多年，就像生活在一个遥远的童话世界。而与范柳刚短短一瞬，却是既浪漫又现实的。

这天晚上，蒙蒙见到李丛林似乎陌生了许多。原来夫妻之间并不一定全部了解，夫妻有时候往往是熟悉的陌生人。此刻，李丛林脑子里塞满凯丽厂乱七八糟的事情。他有点头昏脑涨，眼前仿佛有一只苍蝇渐渐飞近他，在他头顶嗡嗡盘旋。

蒙蒙不看他，但她的余光还是瞥到了他的脸和身体。他的样子格外意志消沉，昔日那整张面孔上的光彩，似乎都被他心里的抑郁吸空了。也许是烦恼，他双腿十分吃力地站立着。这缄默的腿，像是莫名其妙地散发出一股吸力，拽住蒙蒙的目光。

蒙蒙把头扭向另一边。

然后，她转过身，彻底地背向他。墙角有一个很大的蜘蛛网，那薄翼般的丝网在晚风里颤动。这时候，她听到他在她背后脱衣、钻进被窝，可那是儿子的被窝。

“我要一个人静一静。”李丛林说。

“好吧。”

后来儿子与蒙蒙睡在大床里，大床就显得宽敞多了。蒙蒙本想安安稳稳睡一个不做梦的好觉，然而梦像插上了翅膀，引领她想起那年夏天，她常常神思恍惚、心神不定，看电影就是她最好的排遣。电影院附近就是植物园，许多植物在那里疯狂生长。仲夏炎热的气候和茂密植物的潮湿，还有伴着青草气味，以及长年堆积落叶的腐败气息飘荡在空气中，使她有一种置身异乡的错觉。这错觉在她和环境之间竖起了一道屏障，使一切近在身边的东西都有了距离感。

那个夏天，蒙蒙看的最后一部电影叫《窥视者》。在她的记忆里，《窥视者》有时会出现几个镜头叠在一起的情景。她喜欢看一双幽深的眼睛，布满整个银幕。这双眼睛有着长长的黑色睫毛，有时是女人的眼睛，有时却是孩子的眼睛。那是一个男孩，目睹了一桩谋杀案，这使他后来受到了迫害和追逐。

现在蒙蒙很少看电影了，那些好莱坞电影，对她已不再有很大的吸引力。倒是日本电影，让她情有独钟。因为日本电影表现的几乎全部是当今的日本，比如《鳗鱼》《失乐园》《燕尾蝶》等，远比好莱坞逃避现实的电影强多了。所以蒙蒙很想看表现今日中国的电影和电视，可影视界似乎都在做旧梦，表现的不是唐朝、清朝，就是三四十年代的旧东西，仿佛今天的中国都被热热闹闹的噪声淹没了。

这会儿，蒙蒙梦见一个男人在哭。他的号啕痛哭，就像一匹狼发出的声音。这是一个离了婚的男人，他的工厂效益不好，连续几个月发不出工资。他到处走门路、跑调动，一直未能成功。他暗恋的一个女孩，车祸死了。他为她而哭，粗犷而嘹亮的哭声，在四周回荡。尼采曾说：“摆脱人生根本的烦恼和痛苦，就是两条出路：或者逃往艺术之乡，把这个奇异的世界看成是一种美学现象，或者逃往认识之乡，把世界看成是一间最合适的实验室。”

天快亮的时候，蒙蒙一边想着尼采的话，一边又梦见那个坐在哥哥桑塔纳轿车里的带毒汁的女人。为什么常常梦见这个女人，这个女人是谁，她与哥哥余亮的失踪有什么关系？

十四

转眼到了二十世纪末最后一个新年。婆婆从腊月就开始忙年，腌腌酱酱，一直忙到除夕。婆婆依旧过老底子杭州人过年的旧俗，家里墙角上挂着一串串粽子，屋檐下荡着酱鸡酱鸭，过年的气氛就浓了。

婆婆就喜欢这气氛。

婆婆是个孤儿，从小饱受没有家的寒冷。婚后无论物质怎样贫困，都会按照传统规矩，一进腊月就开始忙年。这会儿，她一边烹饪，一边与蒙蒙说些全国各地别具魅力的过年风情、风俗的东西。比如，壮族人、毛南族人等。婆婆说这些东西劲头十足，一桌年夜饭就在她边说边做中完成了。

全家老少围桌而坐。

鞭炮响起之后，李丛林的摩托罗拉“大哥大”手机响了一次又一次。李丛林是做厂长后才有“大哥大”的，与大多数男人一样，他也渴望包装自己。二十世纪末，男人拥有“大哥大”是权力与实力的象征。男人的虚荣心，在某种方面比女人更强。李丛林没有“大哥大”前，蒙蒙就敏感地注意到了这个问题。

吃完年夜饭，他们在马路两旁的鞭炮声中回家去。菲菲坐在蒙蒙的自行车后座上，忽然问：“姑姑，我爸爸为什么过年也不回家，他会不会出什么事？”

蒙蒙一惊，十二岁的菲菲敏感、多疑。她见蒙蒙沉默不语，就改口说她会唱一首英文歌曲。她的英文歌，蒙蒙一句也听不懂。她就告诉蒙蒙歌词大意：我们是世界，我们是孩子。私立寄宿学校的最大优点，就在于让学生说英文。菲菲的英文很好，说她长大要做一个翻译家。

李丛林在回家的路上，买了许多鞭炮。他要让两个孩子过年高高兴兴。磊磊喜欢与菲菲在一起。菲菲除了与磊磊玩，还会给磊磊讲故事。大年初一，菲菲的故事充满梦幻般渴望。她说她爸爸妈妈在美国宾夕法尼亚州吉拉德镇定居了。他们那儿有一座汽车修理厂，她爸爸就在那里修理汽车，妈妈在那里开了一个中国餐馆。她妈妈头发一直垂到腰际，就像一条黑色的溪流。她每天做梦都会梦见他们。

菲菲讲这个故事时，蒙蒙正在一旁给紫砂盆里的水仙花加水。水仙花瓣已徐徐绽开，其花香清而不腻，醇而不浊，沁人心脾。然而菲菲这个故事，让蒙蒙伤感。一个没有父母的孩子就是孤儿，蒙蒙与哥哥是孤儿，婆婆也是孤儿；虽然孤儿能出人杰，但没有父母的滋味并不好受。

孔丘三岁，其父孔纥撒手人寰，留下孤儿寡母艰难度日。韩愈三岁，靠兄嫂抚养成人。欧阳修四岁，父亲病故，家无长物，家徒四壁，景象惨淡。苦难对于人具有正负效应，它可以压垮和摧毁一个人，也可以磨炼和造就一个人。巴尔扎克曾说："苦难对于天才是一块垫脚石，对能干的人是一笔财富，对弱者是一个万丈深渊。"

蒙蒙希望菲菲在苦难中成长，过了年，菲菲就是十三岁的小姑娘了。若干年后，就是一个大姑娘。那时候她该有怎样的青春？女孩的青春有两只翅膀，一只叫理想，另一只叫爱情。菲菲将来如何插上青春美丽的双翅，在人生的天宇中展翅高飞呢？

春节期间，蒙蒙与李丛林都有八天假期。他们抽出两天带孩子去吴根越角的古镇西塘，那里明清建筑鳞次栉比，黑瓦粉墙、雕梁画栋、古朴雅致的建筑风格，令蒙蒙喜欢。从吴根越角回到杭州，春节已过去了一半。最后一天假期，李丛林请全家吃西餐。西餐是异域文化，每一道菜是一幅图画，每一道菜有一定来历，每一道菜的吃法和道具各不相同。

一道法国蜗牛摆在面前，乳白色的土豆泥上，蜗牛壳的纹路映着温馨的灯光，一种莫名的香味夹着奶烤味扑鼻而来。味道确实不错，细嫩鲜美，滑而不腻。只是与李丛林一起吃不出情调，他们的情调老早没有了，似乎从来就没有过。这使蒙蒙想到范柳刚，一个有情调的男人。

十五

自从蒙蒙在范柳刚住的宾馆里洗澡后，就天天想着他，而他却整个春节没给她一个电话。这使她内心陷入一片糟糕混乱之中，想见他的欲望被勒在悬崖的边缘，往前一步即是深渊。蒙蒙一会儿脑子一片空白，一会儿又想着那些神秘的荷尔蒙气场。她毫无准备地陷入了一种境地，肉体和她的内心相互疏离。她仿佛是自己之外的另一个人，一个完全被魔鬼的快乐支配的人。后来蒙蒙知道范柳刚并不是一个情感专一的人，春节期间他竟与敏纠缠在一起。与敏纠缠在一起时，范柳刚有一种大男人俯视小女孩的感觉。

其实敏并不浅薄，她只是装做什么也不懂罢了。她深谙男人们的心思，尤其那些好色之徒，往往在浅薄女人面前，为所欲为暴露出肮脏丑陋的灵魂。那天敏躺在一片潮湿的地方，不知道自己是怎样跌倒的。她伸手一摸那是血，是她和范柳刚的血。什么时候流血了呢？那个圆圆胖胖的孩子，向着太阳走去。敏是痛醒的，那个瞬间的迸发，是她难以忍受的疼痛。她从没尝到过这种痛苦，如同撕心裂肺。

敏与范柳刚的孩子没有了。唯一能转移她痛苦的，就是见到范柳刚。敏要承受范柳刚狂风暴雨般的激情，敏爱范柳刚，胜过爱她自己。这会儿敏睁开眼睛，不想在黑暗中去追寻那斑斑血迹。那个粉红色的光斑，总让她觉得是孩子的身体。她看见一缕黑发，一双明亮的大眼睛，那就是她的孩子啊！

敏没有想到自己会爱上范柳刚，尽管她知道范柳刚并不是一个好男人。但爱情是盲目的。现在她看见了范柳刚的脸，目光蒙蒙眬眬的，好像很近又很远。她伸手摸他的脊背，那里是潮湿而温暖的。这就证实了她的猜测，范柳刚是一路狂奔而来的。

敏感到安慰。

范柳刚用双手捧着敏的黑色长发，把它们送到嘴边吻着。它们很温顺，范柳刚的吻，一直湿润到敏的心里。敏抱住了范柳刚的头，恍惚觉得她不是流产而是生育。他们的儿子，一下就长大了。

四周非常静谧，范柳刚怦怦的心跳，每一下都节奏分明地跳进敏的耳朵。敏听见范柳刚说：“很疼吗？”

“疼。”敏娇柔地说。

敏在范柳刚黑亮黑亮的眼珠里，看见了两个变形的她。她忽然充满了一种破碎的柔情，疯狂地吻着范柳刚的眼睛。这一吻的感觉，痛苦而不安。

范柳刚似乎意识到敏内在的思绪。他用强有力的手臂，搂抱住敏多少有点变态的情感方式，并用嘴唇贴在敏的耳朵上，说些让女人安慰的话。

他说：“很疼吗？”

她说：“你问这干吗？”

他说：“我想知道。”

她说：“很疼，像死过去一样。”

范柳刚抓起敏的一只手，无言地抚摸着。一会儿，他说：“亲爱的，我不想看到你痛苦，压根儿就不想看到你痛苦。”敏是一个容易感动的人。这种感动加剧了敏内心的痉挛，差一点就被感动得哭了。

范柳刚埋下头，用两只手在自己头发中抓挠着。敏看见他揪下一撮头发，其中有几丝白发。夜晚是多么宁静，敏感到整个世界仿佛只有他们两个人。这一刻，她觉得幸福美妙。

春节后，万里厂谁也不知道敏流产了。敏的父母也不知道。敏做手术的事托了一个朋友，朋友说这种事算不了什么，女人都可能挨上次把的。朋友经验丰富，是位优秀的妇产科医生。朋友当然不知道，敏未婚怀孕。

敏是一个苍白的女孩。

敏的腰肢十二分柔软。

敏不知道范柳刚一去不返，她在焦虑中等待范柳刚。而范柳刚此时，正在想方设法接近胡梦娴。

“你是胡梦娴？我向你拜个晚年。”范柳刚说。

范柳刚以拜年作为敲门砖，与胡梦娴有了第一次联系。他虽然没多说什么，但胡梦娴的热情让他感到某种合作的可能性。他心里暗暗想，一定要让胡梦娴主动找他。

范柳刚不愧为情场老手。

那天蒙蒙找不到范柳刚，就给英子写回信，蒙蒙的回信是这样的：

亲爱的英子：

现在是二月八日下午两点正，窗外下着毛毛细雨。春天了，我穿着一条粉红棉睡裙，打开音响一边听拉威尔《波莱罗舞曲》，一边给你写信。

我喜欢拉威尔。早年他追随德彪西，但在“一战”前后就走自己的路了。他个人的风格，表现在舞蹈和西班牙民间曲调上。我喜欢他的曲子，是因为我喜欢舞蹈。还因为他的圆舞曲，具有疯狂旋转的气氛。他很能使舞蹈者，跳出一种精神。你信上所说的马勒，就是那位奥地利最重要的作曲家，浪漫派末期的代表人物。他的九部交响曲中，第五交响曲最著名。其次是第二，再其次是第八。第五中的第四乐章，有极著名的单独演奏的“小柔板”，是全曲中最优美动听的一部分。其实所有真正的音乐家、艺术家、作家、哲学家，他们都有西西弗斯精神。他们向山顶推着巨石，那震动人类心灵的隆隆巨响，使悲剧得到升华，从而世间才有那么多珍贵的艺术品造福后人。我的雕塑状态不错，我会怀着神谕般的力量勇往直前，走进希望的明天。

余蒙蒙敬上

窗外仍下着毛毛细雨，蒙蒙写完信，从头到尾读了一遍。她为在信上与英子谈音乐感到快乐。她轻轻地把信塞入信封，将它寄给英子，想必英子正在等着她的回音。

十六

这个春天由于常常下雨，日子过得漫漫无期。哥哥余亮失踪已近半年，仍没有破案消息。她几乎每天都在想着余亮，那种想念是揪心而不安的。

离下班还有七八分钟，郑瑛早就收拾停当，准备溜走。郑瑛不会骑自行车，早点到车站就不会太拥挤。郑瑛走的时候哼着一首歌，每天都活得快快乐乐。她认为世纪末的生活根本无处倾诉，这世界人们似乎都很忙，谁会理解你的孤单与你扯谈叹气？

事实的确如此，蒙蒙的痛苦从来就没有地方倾诉。她一边收拾工作台上的工具，一边想象自己进入了一个荒凉的山谷。那山谷干草枯藤，不断地划在她的面颊上。孤独和疲惫像黑夜一般倾压下来，渗进她的每一个细小骨节。她觉得她的生活，有时比死还要平淡无味。

下班铃响后，她蹬上自行车汇入滚滚车流里。夕阳透出的嫣红，在默默远山中慢慢儿浮动。她喜欢晚霞，晚霞的秉性是最能体现生命本真的实质，把生命演绎得最完善、最彻底、最炉火纯青了。所以每当看到晚霞，她的想象就插上了翅膀。她的眼前，就出现了一幕又一幕的人间喜剧和悲剧。

现实生活是残酷的。

蒙蒙每天下班都必须去菜场买菜，即使内心一百个不愿意也必须去。早就没有了结婚时逛菜场那份心中充满甜蜜的感觉，也不喜欢听小贩吆喝的声音了。如今她只要一听到那高一声、低一声的吆喝，一见到那些卖菜人殷勤而狡猾的笑脸，心里就有说不出的腻味和憎恨。

蒙蒙从不讨价还价，买了就装进塑料袋逃出菜场。买菜是件伤脑筋的事，除了要营养搭配还要花样翻新。蒙蒙羡慕那些被丈夫宠着，不干或者很少干家务的女人。有一次蒙蒙到谭斌家做客，发现他老婆长得平平淡淡，脸上满是雀斑，可她却把指甲修得尖尖的，涂着银色蔻丹，出水莲花般地托着黑漆描金的茶盘，抹得血红的嘴唇惬意地弯着腰问:“要咖啡还是香槟？”

这样的闲适与优雅，蒙蒙可能一辈子也不会有。蒙蒙能修指甲涂指甲油吗？蒙蒙淘米择菜洗碗打扫卫生，还要干体力活，离养尊处优的生活实在太遥远了。此时，蒙蒙一头钻进厨房，动作麻利地做晚餐。磊磊在客厅做作业，磊磊的作业常常要妈妈签字，这就使蒙蒙不得不起到家庭教师的作用。

吃饭的时候，李丛林三口两口吃完两碗饭，放下碗筷说有要紧事出门了。磊磊絮絮叨叨地跟蒙蒙讲学校里的事，说他们学校开展“谁的手艺巧”活动，他想做架飞机，让蒙蒙给他买材料。学校的花样很多，蒙蒙常常被磊磊牵着，帮他做这做那。

磊磊吃饭不吃青菜，蒙蒙给他夹两筷，可他说吃青菜有条件，必须给他看一个小时的电视，蒙蒙只好默认。蒙蒙收拾碗筷进厨房，忽然想到范柳刚这些天在忙什么呢？

门铃忽然响起来，磊磊大声嚷着：“妈妈，梅森叔叔来啦！”

自从同学会后，蒙蒙一直没有再见到梅森。听到磊磊的喊声，她赶紧甩着湿漉漉的双手从厨房出来。这时梅森正拽着磊磊的手臂，转圈圈。磊磊一边笑一边喊：“再转一个，再转一个。”

“磊磊快下来。”蒙蒙说。

“真是重了不少。”梅森冲蒙蒙笑笑说。

梅森来本是关心余亮失踪的情况，但他怕蒙蒙伤心就缄口不言。

“我调单位了。”梅森说。

“调哪里？”

“一家私营企业，做销售员。”

原来梅森老婆下岗了，梅森嫌农科院清水衙门，就换一个钱多的单位。梅森家离蒙蒙家不太远，住在一座木结构的老式民宅里。蒙蒙曾经去过一次，那天她一踏进院子，就听见组合音响里的低音贝司，嘭嚓嚓地响个地动山摇。有人走调地唱着：“我曾经问个不休，你何时跟我走？可你却总是笑我，一无所有！”

“那户人家天天嘭嚓嚓，烦死人了。”梅森无奈地说。

蒙蒙进屋发现梅森家狭小而凌乱，病中的老婆昏然入睡。梅森日子过得艰难，却在同学与朋友面前从不表露自己的艰难。他总是开开心心，很少愁眉苦脸。

这会儿，梅森坐在蒙蒙家客厅沙发上。他从口袋里摸出一沓同学会时拍的照片。这些黑白照片很有艺术质感，让蒙蒙赏心悦目。蒙蒙十分欣赏梅森的摄影技术，如果梅森继续拍摄下去，很有可能成为柯特兹这样的摄影大师。然而，梅森放弃摄影艺术去干销售工作，这让蒙蒙感到遗憾。

梅森走后，磊磊就钻进被窝睡觉。蒙蒙忙完家务已到子夜，喧哗而杂乱的白天使她感到身心疲倦。由于疲倦，她总觉得白天长得没边没沿，只有在磊磊入睡后，李丛林还没有回家的这段时间里，她才感到安宁。这时候她静静地思索，通常不开灯，坐在沙发上，或在地毯上来回走动，脚步如猫一般轻。脑子里滑入许多人和往事。就在这松弛中，她任凭那图画一般的镜头，一幕幕闪现。

最近，蒙蒙脑子里常被世纪末这个话题纠缠着。她一直认为世纪末是一个动荡的时代，许多天灾、人祸、饥饿、贫病不断地在人们生活中发生。人们本来是自由的，可又在枷锁中、孤独中、苦难中。

也许，人的天性里有一种血性杀气。在和平时代高科技文明的今天，人们依然时常嗅到恐怖。所以对人来说，活着就是一场场的生命搏斗，而每一场搏斗都是切肤的。尤其是女人，生命的搏斗实际上大大超过男人。因为女人有养育孩子的责任，也同样有对社会的责任。蒙蒙是一个在混乱状态中，仍然充满热情的人。这种热情使她变得更加孤独。那种惨烈、酷冷的感觉裹挟着她，她悲哀、痛苦、无奈。也许生活中，人类感受最多的就是那一个个的艰难日子。

现在蒙蒙躺到床上等李丛林回来，她不再把他反锁门外。她要做一个纯粹的、脱离低级趣味的人。毕竟李丛林为了干事业，是想干出一番成就来的人。一个男人，在社会上人们衡量他的价值，大多看他取得的社会地位和职称。李丛林想做一个优秀的厂长，出色的企业家也是不容易的。

墙上的挂钟，已敲过深夜十二点，李丛林不回家来，蒙蒙总是睡不着。她让胡思乱想的大脑休息便打开半导体，省电台正在开播一条妇女热线。一个打电话的妇女声音沙哑而浑厚，据说这种声音是目前西方最流行的女人声音。

电话铃响了，她以为是电台里的铃声。响了几声，才知道是自己家里的。

“我是范柳刚。”范柳刚在电话里说。

“你在哪里，我找过你。”蒙蒙有点激动地说。

“我在纽约，一个星期后回来，咱们到时再聚。”

“好吧，我等你回来。”蒙蒙心里虽然生气，但她没有抱怨。

蒙蒙搁下电话，妇女热线已经结束。她就沉浸在对美国的想象里，如果她去美国，美国的现代文明也许可以解脱她与生俱来的忧郁。那里的自由、刺激、疯狂，也许使她的精神能够平衡起来。于是她闭上眼睛，想象自己是一只背井离乡、失去家园的风筝，带着一股绝望的快乐和狂热，在纽约街头、酒吧、超级市场、小型影院飘摇。有次还走进一家成人玩具商店，那里一堆堆活生生的人造生殖器、乳房、大腿，造型之逼真，质感之真实，型号之丰富，令她瞠目。她想如果只需要性器官的满足，范柳刚到那里转一圈，就可以把全部欲望的需要买回家。毕竟爱情与做爱、情爱与性爱是互相关联的两回事。

范柳刚在蒙蒙的众多同学里，活得最潇洒。他就像蒙蒙在电影中见过的一匹马，一匹诗一般飞驰的马，如今这匹马飞驰在百老汇。百老汇是曼哈顿的一条路，一七三五年首家剧院在百老汇开业，从此百老汇就成为美国剧坛的一个代名词。一九五〇年，百老汇开始它的黄金时代。许多戏剧、喜剧、音乐剧等剧种在百老汇上演。美国或者世界各地的游客，尤其对那些现实主义作家来说，都太富诱惑力了。蒙蒙对百老汇舞台的兴趣是一九八八年，那时候听一位美国朋友说，百老汇忽然爆出一位华裔年轻天才——黄哲伦。他的剧本《蝴蝶先生》成了百老汇名剧，由他的剧本协助而成的演员尊龙，一下子在美国影剧界出人头地。

范柳刚在电话里说，如果不去百老汇看演出，根本不会一个人往那里跑。那些肮脏喧闹的街头，那些浓妆艳抹、搔首弄姿的卖淫女，拉皮条者，贩毒者等，还有那些歪戴鸭舌帽、双手插在牛仔裤兜里，斜着膀子、睥睨着眼珠子的黑人，他们远远地瞄着黄种人，趁人不备时吓你一家伙，实在望而生畏又心生讨厌。

蒙蒙与范柳刚聊天，总能感到一种心灵的愉悦。但与李丛林只要多说几句，就会被他视为唠叨。也许娶妻日久，视妻为一件司空见惯的老家具。看与不看都守在那里。哪像电视里的球赛、桌上的佳肴，一错眼就闪过去了。所以丈夫们，也许总是对自己的女人，沉浸在别人的世界中。但他们同时又要求，妻子具有女儿兼老婆、保姆兼淑女的综合教养。

十七

胡梦娴再次来凯丽厂，看到李丛林瘦骨嶙峋，眼窝也深深地凹进去了，眼睛里还有血丝，仿佛大病了一场。胡梦娴想创业是艰难的，尤其要把一个濒临倒闭的国有企业搞好谈何容易？胡梦娴眼看李丛林的消瘦，很想提醒他注意身体，劳逸结合，但张了几次嘴，都不好意思说出口。

李丛林给胡梦娴沏茶，胡梦娴从皮包里拿出笔记本正准备采访，贾小燕来了。贾小燕与胡梦娴点点头，对李丛林说："李厂长你要给我一个助手，我们科年老体弱的太多，今后新产品研制成功，要打开销售市场全靠年轻力壮的人跑，光靠我一个人不行。"

"不是还有讨货款小分队的人吗？"李丛林想了想说。

"那些人早回车间了。"

"把他们调过来。"

“车间主任不放人，有什么办法？”

“销售人才短缺，要给你一个得力助手并不容易。”

“东北一带还没有人跑，这个问题你要给我尽快解决。”

贾小燕说完走出厂长室，胡梦娴刚想提问，王春春进来了。

“李厂长，朱副厂长家属打电话来说，他高血压住院了。你是否去看他？”王春春说。

“我一定会去看他。厂里的事情千头万绪，我暂时走不开，你告诉他家属，让他安心养病。”李丛林说。

“对不起，打扰了。”王春春离去时对胡梦娴说。

“没关系，没关系。”胡梦娴说。

胡梦娴嘴上这样说，心里当然不想再有人进来打扰她的采访。然而就在这时又一个人进来了，那人是技术科的杨庆房。他与李丛林足足谈了半个多小时，全是新产品开发上的一些问题。胡梦娴听不太懂，心里既不耐烦又焦急，她不想浪费太多时间，脸上已露出不愉快的表情。

杨庆房走后，李丛林搔搔头皮，咧开嘴对胡梦娴笑笑说：“不好意思耽误你时间了，厂里杂七杂八的事情多，就像一团乱麻，必须耐着性子一根根理。”

“你挺有耐心。”胡梦娴说。

李丛林沉闷地坐着，低垂的脑袋和耸起的肩胛构成图案，显得孤独而忧伤。

“李厂长，你在想什么？”胡梦娴说。

李丛林倏地抬起眼皮，那眼睛的忧伤旋即消失了。他抱歉地笑笑说：“哦，我在考虑怎样全面地向你介绍凯丽厂情况。”

“你太沉重了，你应该放松自己。”胡梦娴说。

“对，绷得太紧的弦容易断。”

“听说余厂长失踪了，你是他妹夫，你对此事件怎么看？”

“我不想谈这件事。”

后来李丛林与胡梦娴谈了凯丽厂近况，几乎是实话实说。胡梦娴非常满意，结束时胡梦娴提出到各车间去看看。李丛林认为这主意不错，就让王春春陪她去参观。临别时，胡梦娴伸手与李丛林握手告别。李丛林只轻轻地握了握胡梦娴的手，就松开了。

李丛林坐回自己的办公椅上，喝了一口茶，觉得有点头痛，鼻子也淌出一些清水，是不是感冒了？李丛林想到底年纪不饶人，年轻时一年四季不感冒，如今感冒成了家常便饭。人到中年，难道真是什么都不行了？李丛林去医务室配药，他一跨进医务室，孙医师说：“李厂长看病？”

“也没什么病，感冒流鼻涕，配些感冒药吧！”李丛林说。

“感冒最麻烦，有时半个来月也不能痊愈，严重的话还有可能引起许多并发症，可不能掉以轻心。”孙医师说。

李丛林在孙医师桌边坐下来，孙医师替他测血压、看喉咙、听心脏。孙医师动作麻利而轻柔，脸上含着微笑，给人以信任和安全感。检查完毕，孙医师开了药方，说：“按时吃药，别忘了。”

“不会忘，不会忘。”李丛林说。

其实李丛林很容易忘记吃药，配回家的药，常常吃了一次两次就忘记不吃了。不过这次他一定要记住。他对孙医师印象不错，觉得她非常投缘。医务室是全厂消息最灵通的地方。李丛林说：“孙医师，你这里来来往往人多，听到的消息一定很多吧？”

“很多。大家都说李厂长不错，这不是恭维，你称一下体重就知道了。”孙医师说。

李丛林被孙医师说得笑了起来，他忽然觉得自己确实瘦了不少。他冲孙医师说：“不掉几斤肉，怎么能搞好凯丽厂？”

李丛林话音刚落，进来三个女工。她们见李丛林说：“厂长也在看病？厂长累病了，那我们怎么办？”女工们哈哈笑起来。李丛林离开医务室时，忘了拿药。孙医师追出去说：“有空常来坐坐，我们这里故事多，保你天天开心。”

“人家是厂长，哪里像你厂医那么空闲，再说李厂长只有少来医务室，身体健康才是凯丽厂全体职工的福气。”说话的女工是下岗后再上岗的。

李丛林从医务室回到厂长室，正好到了午餐时间。他拿一只大瓷碗，走去职工食堂。本来他总是姗姗来迟，今天看到卖饭窗口人头攒动，有两扇小窗却没有打开。

“为什么不全部打开窗卖饭？”李丛林进厨房问。

“今天人手少，厂长帮个忙吧。”炊事班长说。

李丛林来不及多想，打开一扇小窗，马上顶了上去。窗外有人叽叽喳喳说：“厂长卖饭啦，厂长卖饭啦。”

李丛林卖了半个多小时的饭菜，额头与鼻子上冒出了汗珠，肚子早已饿得饥肠辘辘。买饭人渐渐稀少后，他想关上小窗吃饭。然而，一个熟悉又陌生的声音，让他探出头去，心里想梅森怎么来厂里吃饭了？

“梅森。”李丛林喊。

“厂长怎么卖饭啦？”梅森说。

原来经蒙蒙推荐，梅森被贾小燕请来做销售员了。只是需要厂长和人事部门批准，才能办理调动手续。李丛林也看好梅森，因此调动不成问题。中午休息时，李丛林趴在办公桌上午休，梅森调入凯丽厂做销售员，了却了他的一桩心事，他放心地打起瞌睡来，迷迷糊糊中他感到世纪末是告别婉约、细腻、含蓄、从容的时代。这个时代没有愚公移山的大气，精卫填海的执着，夸父逐日的热烈，嫦娥奔月的飘逸。

儿时读神话，李丛林想象夸父脚步腾腾升起，嫦娥衣带飘飘，摇曳的状态如今已经没有了，有的是太多欲望。诸如，学历、文凭、官位、职称、名利、声誉，什么都不想丢弃，什么都想得到。一双双眼睛盯着满河滩卵石，乱花迷眼，急火攻心，做人怎能不累？于是世界杯足球赛就是人们借助足球，疯狂放纵和宣泄自己的最好时光。李丛林是个足球迷，喜欢在足球酒吧看屏幕上的世界杯足球赛。酒精把足球撩拨到了极致，那种喧嚣和疯狂，只有施瓦辛格主演的《魔鬼幼儿园》可以媲美。因此李丛林认为世界杯如一只巨大的啤酒杯，失意者在足球不可捉摸的竞技中发现命运；成功者在足球无与伦比的辉煌中，寻找点缀。

午后的上班铃响了。李丛林站起来用毛巾擦擦脸，顿觉神清气爽。他忽然想起朱副厂长。朱副厂长已住院三四天了，若再不去探望，两个人的矛盾就会越来越深。李丛林觉得无论如何，一定要抽时间去探望一下。于是他对王春春说：“下午三点，你与我一起去看老朱吧！”

“要买些什么礼品？”王春春问。

“你看着办吧！”

王春春买了鲜花、青春宝和水果。王春春与李丛林骑自行车朝市一医院方向驶去，一路上王春春不断与李丛林说话。王春春说话的目的是想在李丛林面前表露自己的气量和口才。她说：“我愿意自己豁达、包容，讨厌小家子气、故作矫揉。”

李丛林小时候就住在市一医院附近的思鑫坊洋楼里。楼下那个邻居小伙伴经常讲他父亲、叔叔共同占有一个女人的故事。他们的爱意、苦楚、恩怨，美丽得如蝴蝶一样翩然，沉重得又无法负荷。李丛林曾经看见那个女人悄悄地步出卧室，在天井里吸吮弥漫在夜气中的泥土气息。她的白色柔软睡衣，仿佛精灵一样飘动。

这会儿，李丛林与王春春走进市一医院。市一医院是他最熟悉的地方，儿子一有病就来这家医院。特别是夏天看病排长队的时候，他抱着儿子在医院的小花园里来来回回踱步。那个小儿科医生莫浩就是看病认识的，某日莫浩对李丛林说：“中国女人活得累，中国男人就活得更累了。女人有妇联，男人却没有男联。男人的委屈无处诉，男人在现代社会激烈竞争中，比女人要承担更多责任。”

李丛林颇有同感，但他认为在男人和女人的星系中，哪一方都是行星；任何一方自动放弃自转能力，便是自我阉割。

朱水根的病房在605室。这是一个大病室，有八张床。朱水根在第六床。他的床边围着他的妻子、女儿；还有来探望他的亲戚、朋友。王春春一跨进605病室，朱太太就认出了她。朱太太说："王主席，你那么客气来看我们老朱。"朱太太一边说，一边接过王春春手中的礼物。

"这是李厂长。"王春春说。

"请坐，坐。"朱太太拿着一只凳子，对李丛林说。

"谢谢你来看我，你那么忙还来看我。"朱水根仰起头，口齿不清地说。

李丛林上前让朱水根躺好，说安心养病，治疗最重要。李丛林与王春春大约坐了十分钟，便起身告辞了。他们走在病室长廊上时，王春春说："老朱毕竟是位老同志，老同志受到关怀与温暖容易感动。人总是要通过互相沟通、理解才能合作愉快。对吧？"

"对，王大姐说得不错。"李丛林笑笑说。

李丛林和王春春走出医院大门口时，王春春忽然不想回厂里去。她谎称去局工会办事，就早早地溜回家了。女人嘛，心里最牵挂的就是一个家。李丛林一个人往厂的方向驶去，自行车在柏油马路上，发出轻微的咔唧唧声。这声音不影响行驶，他就懒得修理。说实在话，自从他做了厂长后，总觉得少了些什么？亲情、爱情抑或是友情，都不像从前那样有时间去培养了。人像变了一架工作机器，满脑子想着的就是凯丽厂，似乎大有与凯丽厂共存亡的味道。

李丛林忍不住笑起来，迎面与他交叉而行的一个骑车者冲他说："疯子。"

"疯子？"李丛林莫名其妙被人骂作疯子也不屑一顾。因为他看到前边就是大学路便高兴起来。他发现求是书院紧闭的深棕色大门，仍然透着一股浓浓的书卷气。这是清光绪二十年杭州知府林启创办的书院。我国古代有四大书院，李丛林去过岳麓书院和嵩阳书院。这会儿李丛林骑过求是书院门口，穿出大学路，翻一座庆春立交桥，凯丽厂就到了。李丛林想自己现在这么瘦，也许是一天两次，有时是一天四次翻这座桥翻瘦的吧！如果有一天厂里经济效益好，买一辆桑塔纳轿车，自己驾车该多棒。如今学驾车不难，只是考一个驾照需要三千五百元有点贵。

李丛林回到厂里，一辆大卡车满载着货物正准备去火车站托运。这是销往南方的香水、洗发水，还有维 E 美容霜。这些商品因价廉物美，已逐步占领了南方市场。

李丛林十分安慰。

李丛林想如果北方的销售搞活了，凯丽厂才会真正振兴和腾飞。

李丛林走进厂长办公室。

李丛林的桌上堆满了文件。

十八

早晨的天气特别清爽，一丝儿一丝儿的风吹到脸上，滋味真好。阳光和空气都是透明的，唯一让人略感不快的是汽车尾气冒出的烟雾。蒙蒙每天骑着自行车上班去，在密如蛛网的马路上飞快地骑着，有一种身轻如燕、穿云破雾的感觉。

前边亮起红灯，蒙蒙停在十字路口。她的左边是两位青年男子，两辆自行车碰撞了一下，几句难听话引来一场拳赛。蒙蒙赶紧推着自行车回避开去，一位同样推自行车的女人引起了她的注意。这女人好面熟，但她一时想不起她是谁。蒙蒙想再看她一眼时绿灯亮了，车流中她转眼就消失得无影无踪。

这女人目光如刀刃。这女人的衣裳，缀满珍珠般火焰。这女人的微笑，是一种奇异的花朵。蒙蒙东想西想，忽然想起梦中那个带毒汁的女人。

“就是她。”蒙蒙脱口而出。

蒙蒙在十字路口停了十多分钟，想等那个带毒汁的女人再次出现。可她失望了。她到厂已迟到五分钟，虽然大门口没有人值勤，但她在考勤上还是给自己写上：余蒙蒙迟到五分钟。

“别写上去，今天没有人值勤。”郑瑛说。

“怕你告发。”

郑瑛做了个鬼脸。

郑瑛这段时间正在谈恋爱，她的第三任男友身上有一种奇异的东西吸引着她。她觉得爱情是猜不透的谜、开不败的花、燃不尽的火。她的三次爱情，都有各自的天真与质朴。也许恋爱中的女人，从服装就可以窥视出来。郑瑛每一次恋爱，都穿不同的服装。郑瑛对服装的追求，不在乎名牌不名牌，只要质朴高雅就行。一件普通男式衬衫，配上碎花长裙，袅袅婷婷，比名牌套装更具风采。郑瑛从不穿镶拼嵌线的服装，还有紧身踏脚裤。她觉得它们充满虚假和做作，扼杀了服装的飘逸。

蒙蒙虽不能说是郑瑛服装的知己，但服装确实是女人永远的话题。它就像爱情一样古老。那件阿拉伯长袍似的高贵连衣裙，静静地躺在橱窗里，灯光映衬它古典而浪漫的柠檬色，富有东方色彩的花纹，给人优雅华贵的感觉。

蒙蒙让郑瑛抽空去观赏这件服装，说穿在她身上，一定风韵万千。

“你从不迟到，今天被什么事耽搁了？”郑瑛问。

“我看到梦中那个带毒汁的女人了。”蒙蒙说。

“我听不懂你说什么？”

“就是我梦里的女人在路上见到了。”

“这很正常，说不定有一天我也被你做进梦里去。”

“这个人我没见过，这个人与我哥哥有关。”

“你别胡思乱想，越说越玄乎了。”

蒙蒙继续雕刻《美人鱼》。她一边雕刻，一边想，这个人为什么像她梦里那个带毒汁的女人？她是谁，她干什么的？她与余亮是什么关系？

蒙蒙心里总是放不下这个女人。她决定去哥哥余亮家，翻箱倒柜地看看有没有这个女人的照片。虽然这念头十分荒诞，但这样做也有她自身的理由。自从哥哥失踪后，蒙蒙隔段时间就去哥哥家打扫一次卫生。有时带着磊磊、菲菲一起去，有时一个人去。可她从没有翻过影集，也不知道余亮的影集藏在哪里。

下班后，蒙蒙迫不及待地来到余亮家。她打开所有橱门、抽屉，角角落落地找了一遍，没有发现影集，难道余亮没有影集？余亮家，实际上是一个单身男人的家。嫂嫂没有去美国前就很少回家，这个家很难发现嫂嫂的东西。

当然也有些妇女用品，但不知是哪一个女人用的。

西边墙上有一只壁橱，壁橱里大部分是衣服。男人的大衣，男人的西服，男人的领带，男人的夹克；只有两三件毫不起眼的女人衣服。女人衣服旁有一只蓝色纸盒，蒙蒙见过几次，都懒得打开它。这次她把它取出来，非常惊讶地发现这就是余亮的影集。

余亮的影集里，除了哥哥一家人和几张蒙蒙小时候的照片外，没有一张外人，这让她有点失望。她坐在余亮宽大的写字台前，想着一些心事。余亮小时候读不进书，也不喜欢读书。自从那年做了厂长，倒是买了不少书。满满两大橱，不知余亮是真喜欢读书了，还是买书回来当摆设。

回家的路上，蒙蒙想她最喜欢在一扇窗下，一盏灯前，读一本好书，打开自己的身心融进去，不着边际地放纵思维。对她来说，读书的过程综合了感觉、知觉、视觉，调动了脑的思考和思维方式的参与；是一种心灵的荡漾与游历，一种放弃烦忧，将身心沉浸于营造氛围中的幸福。尤其是人到中年读书，更多一份客观与冷静。

晚上蒙蒙躺在床上，看到窗外光线荒芜而阴沉。那棵在路灯旁的枣树，被风吹得疲倦而缓缓喘息。她闭上眼睛，范柳刚的声音在她耳畔响起来。她仿佛听到他说：“我们结合的意义是否在于另一次结合？”

蒙蒙心里一惊，但此时她还不明白这世界是通过欲望控制着他们的。当他们走过很长的道路之后，才会幡然醒悟，只是那时他们已为此付出了代价。蒙蒙迷迷糊糊地睡去后，睡梦里又遇见了那个带毒汁的女人。她坐在余亮的桑塔纳轿车里，眼睛妩媚得像一种病毒使人产生药瘾。于是她每天给余亮打针，把余亮的裤子往下拉，一直拉到胯骨底下。余亮的臀部上，针眼周围硬硬地青了一大片。

她给余亮打毒针。

“不许打了。”蒙蒙猛地坐起来。

“干什么？”李丛林说。

“我又梦见那个带毒汁的女人了。”

“别胡思乱想。”

蒙蒙知道李丛林不会相信她的梦，但她相信自己的感觉。她觉得明天一早，还应该再到那个十字路口去。后来她梦魂颠倒地睡着了，一觉醒来，朝阳已从窗户玻璃斜射进来。房间里浮荡的尘埃，在光线里旋转。她赶紧起床梳洗，来不及吃早饭就出门了。她急速奔向那个十字路口，耐心地等着。果然，梦中那个带毒汁的女人出现了。她具体、真实、可感。她情不自禁地发出：“喂，停一下。”可带毒汁的女人根本不理会，倏地远去了。

怎么会有这种事？

蒙蒙到厂里打电话给范柳刚，很想把这件事讲给他听，然后听听他的意见。可是范柳刚说很忙，正在谈业务，蒙蒙信以为真。其实范柳刚说谎了。他在接受胡梦娴的采访，不愿意把情况告诉蒙蒙，以免蒙蒙把消息透给李丛林。当然，他没有告诉蒙蒙的事情还有很多。

十九

胡梦娴接受范柳刚送她的美国耐克鞋、美国牛仔裤、美国 VE 精华素后，总觉得欠了范柳刚一笔人情债。为了还这笔人情债，她正好跌进了范柳刚设下的圈套。范柳刚一方面想得到胡梦娴的爱，另一方面又想利用胡梦娴给自己当吹鼓手。但利用胡梦娴的最终目的是与李丛林较量，男人的较量是多方面的，比如情场、商场、地位、名誉等。

这天胡梦娴采访完范柳刚，被范柳刚请到楼外楼吃饭。这是一顿非常富有诗意和情调的饭，饭后他们还游览了夜西湖。夜西湖是一个温馨的港口，它以慈母般的巨大手臂，拥抱着一对对恋人。以至于，一些不太美丽的女人，或者上了年纪的女人，在夜之薄纱的笼罩下，隐约可辨的脸的轮廓显得非常美丽。这些美丽女人，挽着男人的手臂徜徉在湖畔，或者去露天音乐茶座。这是一种美不胜收的时刻，总会让人们沉淀在大自然之中。胡梦娴只要抬起头，观看湖畔天空中那粉红色的浮云，就会被远山近水、被堤岸上色彩纷呈的美震慑住。于是美好的感觉就像一只氢气球随风飘荡，她完全忘了曾经不愉快的事，忘了曾经被针刺疼过的胸口，因为美瞬间就渗透了她的骨髓。此时，胡梦娴与范柳刚就坐在露天音乐茶座。他们欣赏湖畔的一切：一条小船，一片绿色草地，一张长椅，一个匆匆而过穿着新疆服装的游客……这些色彩给湖畔涂上了一层异常美丽的红色彩霞。

曾经就在这样的场景下，胡梦娴靠在爱人坚实、宽阔的肩头，把喁喁私语投进湖里，任风儿轻抚他们的脸颊，默默地倾听灵魂的合唱。然而那一切都如过眼云烟，他们那段时间的生命岁月已经消失了。他们那段时间的生命旅程，也早已被后来的他们遗忘殆尽了。

坐在音乐茶座里，胡梦娴在回想往事中望着一对黄昏恋人。他们已经多么苍老了，也许为了爱情冲破各自儿女的种种阻挠，来到美丽的西子湖畔，聚在一起。他们难道是昔日同窗、儿时的伙伴？难道是由于种种原因与波折当时无缘结成伉俪？假如当真是这样，他们彼此几十年苦恋，刻骨铭心的爱情，浸透泪水与相思折磨而成的不屈不挠希望，算起来是悲哀还是幸福？胡梦娴为这样的黄昏恋而感动着。因为胡梦娴与丈夫不知从什么时候起，心的距离已经疏远了。

胡梦娴感到与范柳刚在一起很快乐，告别时她内心隐隐约约有一种不舍离去的感觉。出租车送到她家门口，她一口气冲上七楼气喘吁吁地打开门。她知道回家晚了点，内心有一种歉疚。

“你还要不要这个家了？”丈夫说。

“当然要。”

胡梦娴知道丈夫又要向她发脾气了。丈夫把单位里不顺心的事与不忍对孩子爆发的愤怒，统统倒向胡梦娴。丈夫变得越来越厉害，越来越尖刻，越来越粗鲁，越来越脆弱；他常常把胡梦娴刺激得满脸通红又说不出话来。

胡梦娴是个怯懦的人，听到别人家夫妻吵架，也会难过得泪流满面。轮到自己却渐渐学会了不出声哭泣，并让眼泪紧紧含在眶里，慢慢地让泪水重新倒流回去。她恨这样的生活，但又不愿意自己变成一个悍妇，一个对形而下物质斤斤计较的女人。她不愿意。不愿意，也必须一天天过日子。必须学会，应付生活的十八般武艺。

胡梦娴觉得谈恋爱的时候多么美好。一个恋爱中的女人，在那种情感高潮中，就变成了一件艺术品。被人珍惜、被人钟爱、被人妄图占有。那种艺术品的静默而优越的感受，使女人大大地满足了对生活的幻想。每一个人都会在生命的一些时刻，面临蜕变；只是人们并不自知而已。也许那只是个平凡时刻，没有石破天惊，人们往往要等许多年，才会意识到。

其实胡梦娴丈夫在报社副刊部工作，接触的女作者不算少。尤其是那些年轻女作者，有时总喜欢把稿子送到编辑部。胡梦娴丈夫不是那种很帅的男人，但看上去书生气十足。这就吸引了不少写文章的女孩子，那些又新潮又时髦的女孩子让他眼睛发亮。

有一天他领着一个女孩回家。他掌握胡梦娴出去采访的时间，大胆将女孩按倒在床上。女孩是他的崇拜者，非常温柔顺从。女孩虽没有漂亮白皙的脸蛋，没有乌黑的大眼睛，但有迷人醉心的身材与风姿，有瀑布一样飘洒漆黑的头发。那天他伏在女孩身上，迷迷糊糊地睡过去了，但耳朵里仿佛听见隔壁卫生间滴滴答答的流水声。这声音使他清晰地记得，许多年前的那个新婚之夜，他与胡梦娴第一次共同沐浴的情景。

浴缸就像一只母亲巨大的子宫，任他们像一对孪生胎儿那样，在透明的水中遨游。他们彼此接触，快乐得啊啊直叫。他抚摸着她，手上布满快感与温馨。而她也愿意任他的手慢慢滑下来，抚摸她纤巧的腰，抚摸她的腹部。他们在洗濯身体的同时，却在湿润光滑的浴缸里，发现彼此身上那弯曲的黑色丛林，竟是那么柔软而新鲜。他们都抑制不住心中如火如荼的激情，情不自禁地在透明的水中做爱。

那水声搅和着快乐的啊啊声，使胡梦娴丈夫忽然从回忆中惊醒，惊醒后伴着慌乱。他推开女孩，甜言蜜语地让女孩离开。他对女孩有招之即来、挥之即去的本领。这一切胡梦娴不知道，也许永远不会知道。

二十

早晨的时候雨终于停了。李丛林撑开眼皮看见窗外一片灰蓝，那灰蓝就像心底静静卧着的凄凉。窗玻璃上还残留着斑斑雨痕，透过玻璃，李丛林看到夏天已经来临。于是他想早早去厂里，昨天《晚报》上刊登胡梦娴采访范柳刚的文章，如同一根钢针戳在他胸口上，让他疼痛、难过。他知道范柳刚存心与他过不去。范柳刚抢走了凯丽厂在杭州的部分业务，拿凯丽厂业务来宣传自己在万里厂作出的贡献真够卑鄙的。

自从杭州一些商场大厦更换了进万里厂的货源后，李丛林觉得少一家商场，就等于少一份利润，这是一个十分棘手的问题。化妆品市场竞争激烈，如果产品滞销，库存积压一多，就会资金周转不灵，导致倒闭。李丛林凡事都把问题想得严重些，这就是肩上担子的重量所产生的心理因素。

现在李丛林一挺腰肢下了床，迅速穿好衣服、洗把脸，从饼干罐里随便抓几片饼干，就着凉茶吞下肚。正要出门时，电话铃响了。他拿起话筒，对方没有声音。他又喂了两声，仍然没有声音。他搁下话筒，匆匆上班去。蒙蒙追出去问:“晚饭回家吃吗？”

“不回来吃，我要开会。”李丛林说。

“又不回家吃。”蒙蒙沮丧地自言自语。

事实上李丛林去凯丽厂后，很少在家里吃晚饭。有时深更半夜回家连脚都不洗，头还没有碰着枕头就鼾声如雷了。他难道不明白蒙蒙哥哥失踪，蒙蒙是多么孤独又多么需要抚慰。也许没有男人抚慰的女人是坚强的，蒙蒙就是。

今天蒙蒙穿一条红色连衣裙，看上去青春有活力。蒙蒙知道人在沮丧、心情不好的时候，不能穿得太黯淡。服装的颜色有时能改变一个人的心情。蒙蒙对着大衣橱镜子，发现自己本来如大理石雕一般白皙、冰冷的面孔上，在红裙子的衬托下，显现出红光。蒙蒙在经过一段时间的辗转反侧，苦苦挣扎，已在心里挖了一个深深的坑。她将所有的悲伤、痛苦统统埋进去。世纪末不是同情的时代，什么眼泪呀，悲伤呀，痛苦呀，都他妈的见他个鬼去，蒙蒙的内心变得坚硬。

今天蒙蒙厂休，磊磊上学去后，她准备去趟公安局。她要询问为什么哥哥余亮的案子迟迟破不了，然后把梦中那个带毒汁的女人的故事，也叙述给他们听。无论是否荒诞，说总比不说好吧，至少也是一条线索，一个参考。

打扫卫生就像买菜做饭一样，也是天天必做的事。蒙蒙喜欢把房间打扫得干干净净、整整齐齐。洁净的家里，撒一些气味芬芳的香料，不仅有利于解除工作疲劳，还可以陶冶情操，显出主人的个性和品位。不同的香型给人的感受不同。比如，在客厅选用仙鹤草的芳香，人置身其中就像漫步于风轻云疏的诗意田园，使心境变得淡泊明净，宠辱不惊。在卧室放一撮熏衣草香在枕边，就会睡得安稳和香甜。

除了香料，在房间的软装潢上蒙蒙偏爱布艺。她常常自己动手制作台布、靠垫、床罩等一些零碎小物件。情绪不好时，看见自己亲手制作的布艺簇拥着居室，就会有温馨溢满心田的感觉。此刻，她一边打扫卫生，一边想起了父亲。父亲在那个举国上下轰轰烈烈开展的史无前例的运动中，戴着高帽、挂着牌游街时，蒙蒙只有两岁。父亲那一辈人，经历了人生的各种变革与灾难，历尽人间沧桑，实在是了不起的一辈人。而父母的早逝，是那一辈人中的不幸者，是那个历史所造成的残酷事实。

如今余亮失踪已大半年，这种失去亲人的日子，常让蒙蒙感到寒冷、孤独。有时候这种寒冷、孤独会在她脸上表现出一种茫然。她在茫然的日子里，经常会像一个哲学家一样问：“我是谁？”“我怎么会在这里？”“我在这里干什么？”

现在蒙蒙来到公安局，找到了处长。处长说：“这种失踪案子需要时间，很难回答什么时候能破案，但我们正在努力，绝不放过任何蛛丝马迹。”

“我有一条线索，但它是一个荒诞的故事。”蒙蒙说。

“什么故事？”处长问。

“我常梦见一个带毒汁的女人，她在我梦里是杀害余亮的凶手。然而奇怪的是我在鼓楼看到了我梦中的这个女人。”

“你认识这女人？”

“不认识。”

“光凭一个梦，岂不荒诞？”

“是荒诞。不过也是一条线索。”

“那我们侦查一下你梦中的女人吧！”

蒙蒙从公安局出来，欣喜处长要随她去鼓楼十字路口，侦查蒙蒙梦中那个带毒汁的女人。她盼望明天早晨，那个女人与往常一样准时出现。

自行车滚动在解放大街上，沿街商店的化妆品广告使蒙蒙想到范柳刚。范柳刚为什么抢凯丽厂业务？无论怎么说，他与李丛林也是高中同学。何况他如今是响当当的外商，这样做不是掉份儿吗？

蒙蒙决定去找他。很久没见到他了，蒙蒙需要他的激情来激活她的身体细胞，应付她沉重、艰难的日常生活。也许在他们这个家里，生气和鲜活的东西太少了。她周身的血液似乎凝滞，循环周期也正在混乱、减慢。

“余蒙蒙。”有人喊她。她停下自行车转过头去，忽然一阵晕眩。

“你怎么了？”蒙蒙听出是谭斌的声音。

“没什么。”

“你要保重身体。我父亲忽然中风死了。”

蒙蒙这才看见谭斌手臂上别着一小块黑布。谭斌父亲是蒙蒙熟悉的、为数不多的同学父亲。前段日子蒙蒙还看见他气壮如牛的样子，不过六十出头，怎么就死了？

谭斌父亲是扬州人。年轻时在朝鲜战场上打过仗，复员归来后成了和平年代的酒鬼。他常常一边喝酒一边给孩子们讲故事。他的故事大多是惊险、忧伤而悲观的。这与他一生充满毁灭与幸福，恐惧与悲伤有关。他经历过战争、瘟疫、饥荒，也有过情人、妻儿、仇人。他的手指触摸过荒草、尸骸、糟糠和犁铧，也触摸过洁白的宣纸，临摹过王羲之的妍美，颜真卿的雍容，汉简的奇逸，魏碑的雄浑……所以酒后，他总是把顽童、男人、女人、天空、河流、飞禽，及一些无意义的景象交织在一起，被各种夺目的色块填积，与渗透在宣纸上的墨晕，构成一幅幅耀眼的画面。

蒙蒙与谭斌告别时，看见他两鬓斑白了。谭斌身为粮油公司总经理，又过分疼爱老婆，家里家外，事业家务，岂有不老之理？何况世纪末整个东南亚经济都不景气，那些厂长经理怎能不白头呢！

继续向前骑自行车，蒙蒙的影子在正午的日光下紧紧跟随着她。她看见前面有许多新景色。这世界每天都在变，有时候变得连自己都不认识自己了。新侨饭店后门自行车寄存处，围着一群人。那个从乡下来的农民，正在出售一只猫。他是一个哑巴，比画着手势与人讨价还价。

那是一只金黄色的猫，它被装在一个尼龙丝网兜中，看上去像一位披着美丽面纱的贵妇人。蒙蒙来到它身边时，它忽然在网兜中挣扎起来。玻璃球一样灰得发亮的眼睛，在蒙蒙面前熠熠闪光。它显然比那个傍晚离开她家时，出落得更漂亮了。它体态雍容、容貌勾人魂魄。

“那是我的咪咪。”蒙蒙说。

“我已经买了。”一个中年女人说。

蒙蒙从中年女人手中接过咪咪，左看右看觉得它又不是她的咪咪。她失望极了。咪咪与余亮同一天失踪，在她看来猫与人一起失踪，对人来说就显得不吉利。所以蒙蒙对猫失踪的事，一直缄口不言。这会儿蒙蒙离开人群，来到新侨饭店 918 房门口。她看到门把手上挂着“请勿打扰”的牌子，范柳刚在干什么？

蒙蒙按了门铃。

范柳刚没有马上开门，蒙蒙醋意重重地在门外胡思乱想。其实范柳刚正在《晚报》上读一则《洋人安家颐和园引发争议》的文章。他想如今颐和园内排云殿下，那一带院子住着德国人、法国人、英国人、荷兰人，那是从前慈禧住过的地方。现在八十万到一百万人民币租出去，万一引起火灾怎么办。一八六〇年英法联军将圆明园付之一炬时，中国人没有办法。假如现在英法商人无意中在颐和园引起火灾又去找谁说理呢？范柳刚一边想一边开门。

“是你？”范柳刚笑笑说。

“怎么不可以是我？”

范柳刚引领蒙蒙走进居室，情场上的男人对女人都有这一手。只是女人纯情，不容易识别而已。女人天性喜欢被男人爱，女人因男人的爱而花朵般美丽。这也许是自然法则，任何女权、女性主义都否认不了这一事实。

“你为什么抢凯丽厂业务？”蒙蒙说。

“说得这么难听。”

“你做的下流事，你难道不知道？”

“你一定搞错了，你的意识有问题。现在是竞争激烈的社会，不存在谁抢谁的业务，强胜劣汰，你懂吗？”

蒙蒙沉思了一会儿，她想范柳刚的话也许有些道理。不过她不想再谈这个对她来说比较无聊的话题。蒙蒙的心脏如同一只急响的战鼓，嘭嘭撞击到范柳刚的胸口上。她没想到在范柳刚面前，已完全没有了羞涩。

范柳刚拉上窗帘，在房间柔和的灯光下，蒙蒙举起一只手抚摸他的眼睛。他的眼睛像一朵墨黑花朵，散发幽幽清香。后来他微伏在蒙蒙肩上，头颅弯俯下来，滚热的气息便涂抹到蒙蒙的脊背上，如同在蒙蒙脊背上轻轻抹上了一层温热的咖啡。再回来蒙蒙的双手环住他的肩臂，他的胸骨在她的身上摩挲、移动；坚实的胯骨，在昏暗中滚烫地紧贴在她的腿上。她感觉到他的头部，一点点向她的全身滑动。

蒙蒙说：“你爱我几分？”

范柳刚说：“我爱你，无法用语言来表达。”

蒙蒙抓住他的手，性的秘密这时候无所谓秘密，仅是一部分身体一些器官互相旅行而已。蒙蒙俯下身像个心甘情愿的俘虏任他摆布，感觉他的爱铿锵有力。之后，她第一次准确无误地浏览了他的身体。他的身体线条没有李丛林棱角分明，皮肤却在昏暗中如同白皙的光芒粼粼闪烁。

二十一

商场如战场。李丛林自从被范柳刚抢走杭州一部分业务后，辗转反侧，夜不能寐。男人是雄性动物，好斗又气盛，李丛林也不例外。李丛林决定要把属于凯丽厂的业务要回来，不为别的，就为了一口气。

人是要有气节的。

李丛林找来贾小燕商量。李丛林说："范柳刚有第一步，必有第二步。我们不能眼睁睁让他把我们的业务都抢过去了才醒悟。我们必须行动起来，给他一个下马威，把他抢去的业务要回来。"

贾小燕十分明白李丛林要她干什么。贾小燕知道在节骨眼上，帮李丛林一把就是帮自己。贾小燕点点头说："那几个单位的头头与我关系不错，但业务员拿了范柳刚的好处，我只能试试看。"

那天晚上，贾小燕化了一个梦幻妆，眼睛很妖娆地闪了一下。她爱李丛林，为了李丛林她愿意去跟男人睡觉。她找到陈总经理，又找到黄总经理。她略施计谋，就把两位老总搞得晕晕乎乎。黄总经理首先答应了她的要求，陈总经理也说小事一桩。果然不出两个月，被范柳刚抢去的业务大部分要回来了，这让范柳刚惊讶极了。

李丛林没想到这一出美人计使他大获全胜，有一种扬眉吐气的快感。不过他也更加意识到，无论国有企业还是中外合资企业，要把产品真正打入市场都不容易。尤其成为名牌产品，需要实力与机遇。李丛林从这次经验教训中，觉得要尽快研制新产品，在市场一炮打响才是硬道理。这会儿，李丛林来到技术科。技术科长杨庆房从前因经济问题坐过牢，这次李丛林提拔他当科长，群众反应很大。有人说，怎么就提拔一个坐过牢的。有人说，厂长有魄力重用有才干的人。李丛林对群众反映的事，只是听听而已。他认为，他对所有任免的干部都有道理。

杨庆房正在试研新产品，在一块玻璃台板上配方，见李丛林来了就停下手中的活儿，端一张凳子给李丛林说："李厂长坐，坐。"

李丛林没有坐，不是不想坐，而是没有时间。他来技术科是探探新产品的研制情况，当他听杨庆房说"新产品需要投入全套新的机器设备"时，感到了压力。

资金哪里来?

这个问题他必须与陆会计商量。

李丛林走出技术科，在去财务科的路上，他想到贾小燕为他立下的汗马功劳，便思绪悠悠地飘了出去，又慌忙地收了回来。他暗暗警告自己为什么又去想她?厂里的事千头万绪，容不得他有半点马虎。职代会虽然通过了他的改革方案，但有一些人还是以弃权的方式，抵制他的改革。这说明要改革好凯丽厂并不容易。

历史上的帝王将相，李丛林看不起吕布、唐明皇、宋徽宗。李丛林认为都是英才误于女色。然而男人和女人的区别，在于男人可以用事业填补感情空虚，常常拿得起，放得下。女人却一旦沉溺于感情的海洋，往往拘于其间难以自拔。

二十二

公安处长准时到达鼓楼十字路口，令蒙蒙十分感动。公安处长穿着制服，在车辆与人流中显得英俊、刚毅、沉着。他见到蒙蒙时，眼睛忽然闪电般一亮，落在蒙蒙白蝴蝶般的长裙上。

“就在这里等那个女人出现？”处长问。

“是，就在这里。”蒙蒙说。

一会儿，他们都把目光投到茫茫车流与人海中。这种事情虽说荒诞，但他们似乎有一种要把荒诞演绎出来的味道。“就是她。”蒙蒙指着那个穿红衣白裤的女人说。

处长追上去，他训练有素，动作麻利，骑车飞快。而蒙蒙在向前冲的一瞬间，慢了一拍被红灯阻拦住了。

处长目不转睛地盯住这个红衣白裤女人。由于她穿着醒目，给处长跟踪带来方便。处长的自行车很快超过她，处长看清楚了她的脸，并记住她的脸部特征。现在处长要知道她的身份，只有知道她的身份才可以着手调查。处长继续跟踪她。

前边出了车祸，乱糟糟地围了一大群人。女人忽然意识到有人跟踪她，趁着乱糟糟的人群脱掉了红色外衣，飞快地转进一条小巷。小巷弯弯曲曲转过几个弯后，她发现已把跟踪她的男人甩掉了。

处长这次不是执行任务，而是私自外出。虽然一晃眼不见了那女人，但他对追踪那女人产生了兴趣。他想他一定要知道那女人的住处和工作单位，以便备案调查。

蒙蒙穿过绿灯时，早已不见了处长和那个女人，只好沮丧地上班去。蒙蒙跨进厂门，已迟到足足半个小时。米少山师傅在传达室值勤，说："这么晚？"然后递给她一封信。信是英子从北京寄来的，她拆开信封，看见英子在信上说她要来杭州进修。

"英子要来杭州进修。"蒙蒙兴奋地对师傅说。

"下个月吧？"

"你知道？"

原来是米少山师傅介绍英子来杭州中国美院进修的。师傅为什么不介绍蒙蒙进修？蒙蒙有些妒忌，但一想到真要蒙蒙去也未必走得开。此时蒙蒙把信藏到皮包里，她发现米少山师傅只要没有"别人"的时候，望着她时的眼睛总是闪亮闪亮有点色眯眯的。蒙蒙常回避他的这种目光，但她不知道目光骚扰算不算性骚扰。

蒙蒙还没有到工作台前坐下，整个车间的目光就齐刷刷地朝她飘过来。这里面的含意是多层的，说闲话是他们的嗜好。

“你老实交代，你迟到在干什么？”郑瑛笑着说。郑瑛在蒙蒙这里说话随便，她知道她说什么，蒙蒙都不会生她的气。

“我已经画在考勤上了。”蒙蒙大声说。

“我不是说考勤，是说你早上与一个警察站在路口干什么？”

“那是一个荒诞故事，你不会相信的。”

“说吧。我现在相信这世界确实有很玄奥、很神秘的东西。”

蒙蒙把荒诞的故事叙述了一遍，郑瑛听后哈哈笑起来，觉得这个处长真有意思。就在这当儿，处长来电话了。说他会继续侦查，有消息会及时告诉蒙蒙。

“这处长是不是让你感动了？”郑瑛说。

“感动什么？”米少山师傅从传达室上来，听到郑瑛的话问。

“没什么，别听她胡说。”蒙蒙对师傅说。

蒙蒙继续雕刻《美人鱼》，这时候米少山师傅递过来一本画报，那上面有非洲木雕的图片和文字。米少山师傅喜欢把这些介绍给蒙蒙看。他说增加木雕修养，不光要实际操作，还要在书本上积累知识。

蒙蒙从前看过一些非洲木雕，它神秘、朴实。非洲艺术家对形的节奏和韵律，有一种天生的敏感。他们安排形体各部分的比例相当奇特，但却能给作品带来一股勃勃生机。这是非洲艺术家们无视自然比例，大胆夸张变形取得的突破。这种突破了美的既定观念，给世界造型艺术提供了新视角、新思维，是值得大家借鉴的。

蒙蒙在画报上，看到非洲面具雕刻艺术。面具雕刻是非洲雕刻艺术中独特的组成部分。加纳的面具，镶铜嵌珠，金碧辉煌。象牙海岸的面具，涂以戏剧色彩，鲜明强烈。马里的面具，则呈现土著古朴韵味。尼日利亚、喀麦隆、扎伊尔的面具，造型丰富、纹样各异。

接下来，蒙蒙看到非洲马黑雕刻艺术。马黑木产于马拉维，木质深褐色，紧密沉重，雕刻打磨后光滑明亮。马拉维艺术家的雕刻风格粗犷、随心所欲，往往寥寥数刀，造型简洁。

蒙蒙看完画报，把它递给了郑瑛。继续雕刻时，蒙蒙脑子里塞满了坦桑尼亚、肯尼亚、刚果、喀麦隆、尼日利亚、莫桑比克、象牙海岸等国家的木雕精品。这些精品种类繁多，分柱雕、面具、人物、鼓和杂件等。作品大多风格粗犷、想象奇特、雕工精湛，给人旷而不疏的感觉。

这段时间，蒙蒙雕刻的《美人鱼》已初步形成。为了争取在全国工艺美术品大奖赛中得奖，她必须精雕细刻，每一片鳞片都认真、仔细。因此在雕刻时，她还要克服胡思乱想的坏习惯，做到全神贯注。

二十三

李丛林来到财务科，陆会计正好去洗手间。李丛林就站在陆会计堆满账本、报表的办公桌前等，他一边等一边想，从生产发展基金中购置新设备是不用交税的。问题是银行存款还有多少，可不可以抽出这笔资金。于是他问出纳小赵关于银行余额的情况。

出纳小赵不用翻账本，流利地说出一串数字。李丛林听后心里有了底，但若马上添置新设备，便要面临全厂职工没有奖金拿的窘境；还有职工们刚刚平静下来的心，也可能变得浮躁。

李丛林不等陆会计从洗手间出来，就离开了财务科。他决定召开一个厂级干部会议，听听厂级干部们的意见。他回到厂长室，给自己的茶添了热水后，点燃一支烟，随手翻看一份报纸。这时，一则通讯报道赫然入目。报道说:“今年我省轻工业将重点从调整、优化经济结构,促进技术进步及产业升级出发,着力提高经济增长的质量和效益,增强企业竞争力。加快技术开发步伐,积极利用高新技术改造轻工行业,提高产品档次;以技术创新为核心,激活企业,使其不断提高产品质量和技术装备水平。”李丛林读完报道,对添置新设备坚定了信心。他想以技术创新为核心,对凯丽厂来说是很有必要的,也是当务之急的。

一个星期后,厂级干部会议在小会议室召开。干部们对添置新设备褒贬不一。朱副厂长说:“添置新设备,会不会赔了夫人又折兵?”王春春说:“如果新产品上不去,添置的新设备就等于买回来一堆垃圾。资金大量流失,凯丽厂是不是又要面临倒闭的危险?”

会议上,贾小燕的观点明显与朱副厂长、王春春不同。她认为没有冒险精神,很难开创新局面。没有新局面,又从何谈振兴凯丽厂?所以只有添置新设备、研制新产品、创造名牌拳头产品,才是凯丽厂真正的出路,否则改革就成了纸上谈兵没有效果。

技术科长杨庆房,言辞比贾小燕更激烈。他疾呼添置新设备,仿佛已怀胎十月,只要新设备一到,马上就会产下新生儿。李丛林听取多方不同意见后,当即拍板添置新设备。这一果断举措,其实在他心里酝酿很久了。

“我们厂要添置新设备啦。”车间主任黄惠芬把这一消息传了出去。一些女工议论纷纷，一传十,十传百，为添置新设备，整个凯丽厂一时间热闹非凡。工人们有的赞成，有的反对。有的说上次为研制新产品集资，这次要买新设备难道还要我们集资吗？还有的说不行不行，我们要阻止厂长这一决定，不能让凯丽厂垮了。

这些要阻止厂长决定的职工，相约来到厂长室。他们七嘴八舌地说:“厂长，你不能太武断，对工人不负责任。”“厂长，你这样做太冒风险，我们心里不安。”“厂长，你不能这样做……”

李丛林一言不发。

“你们这是干什么？”王春春从外边进来说。

“我们向厂长提意见。”

“有你们这样提的吗？你们凭良心说，厂长哪一点对工人不负责任了？”

这些人被王春春说得面面相觑，不等李丛林开口，一个个退出了厂长室。这时李丛林依然沉默不语，王春春理解李丛林的决策。她知道那是他对凯丽厂的一片苦心。王春春觉得在她共事过的几任厂长中，没有一任像李丛林这样脚踏实地，一心扑在凯丽厂的。王春春走出厂长室时，正好到了下班时间。本来她一听到下班铃声，就会迫不及待地回家去。今天她有一种想与李丛林说些什么的念头，但到底说什么不清楚。于是她坐在自己办公桌前，装模作样地整理抽屉。她盼望李丛林发现她，说：“王春春你怎么还没回家，我们一起吃饭吧？”

王春春知道李丛林与贾小燕经常在一起吃饭。王春春妒忌贾小燕，也看不起贾小燕。她认为贾小燕不过是以女色为本钱，以假面具蒙蔽厂长眼睛的货。王春春已到了更年期，症状一天天加重。面部潮红、头晕目眩、心慌意乱、脊背搔痒。王春春已经很久没有与丈夫过性生活了，阴道干燥、阴冷使她毫无性欲可言；但她对李丛林却莫名其妙地产生了一种情欲。这种情欲让她震惊。她的内心如同回到青春岁月。她知道自从李丛林在会议上对她的穿着打扮提过建议后，她确实常常刻意打扮自己，使自己的仪表尽量端庄高雅。

王春春坐在办公桌前，就能看见厂长室。厂长室的进出人流都在她的注视之中。这会儿，她看见李丛林拎着皮包出来，她情不自禁地迎上去说：“我的彩票中了小奖，我请你吃饭吧？”

“不，我还有事。”李丛林说。

“这么不赏脸。”王春春轻轻地说。

王春春望着李丛林的背影，忽然觉得李丛林瘦了许多。一种怜悯之心油然而生。如今有多少厂长，能这样勤勤恳恳为厂里着想呢！不谋私利，不多拿奖金，也不拿加班工资。李丛林的实干精神令人感动。

“性格即命运。”王春春非常相信这句话。

王春春的母亲是小学老师，一个漫长而黑暗的日子，锣声和嘈杂的市声在她母亲头顶飞旋，坚硬、强大，直压着母亲的眉心。母亲不得不用全部力量支撑着重量，当快要支撑不住时，衣服已汗湿地贴在身上，浑身有一种冰凉而裸露的感觉。那一天，仿佛有一百年那么长。母亲在太阳和人群中逐渐丧失了意志，死亡就像一张柔软洁净的床单，在她眼前尽情地舞蹈着。然而有一天当母亲走出房门，真要迈向死亡时，死亡陡然变得具体起来。因为死是容易的，活着却艰难。母亲马上想到了因上吊而伸长的舌头，因水淹而胀胖的尸体等。这就使母亲重新回到了房间，想一个能忍受的万全之策。王春春认为母亲后来之所以没有自杀，完全是由性格决定的。

现在王春春要去母亲家看望母亲，母亲是从艰难岁月中走过来的人。她的沧桑经历都刻在岁月的掌纹里。王春春每次回家，虽说与母亲没有太多的共同语言，但回家去看看母亲就是她的责任。

半个多小时后，王春春告别母亲从小巷里穿出来时，正巧遇上了李丛林。她本想回避他，但还是抑制不住内心的热情喊：“李厂长，李厂长。”李厂长转过头看见王春春说：“回娘家了？”

李丛林没有停下车，倏地一下就离王春春很远了。他今天要早点回家，陪陪老婆、儿子。李丛林回到家，蒙蒙正要去农贸市场买菜。蒙蒙喜欢在快落市的时候买菜，这时的菜价比较便宜。

“我与你一起去。”李丛林说。

“我也去，我也要去。”磊磊说。

从来没有一家三口逛菜场，头一次很新鲜，大家兴致勃勃。磊磊见到木盆里的虾说：“我要吃基围虾。”

李丛林问过价钱后觉得太贵，与磊磊说：“我们去前边看看。”磊磊执意要买基围虾，蒙蒙就买半斤。农贸市场什么东西都有，只要有钱想买的全能买到。然而夫妻俩收入不多，一个月的规定菜金不能超资。菜篮子不好拎，每一天都必须节省。李丛林忽然感到惭愧，觉得这主要是他赚钱太少的缘故。若凯丽厂经济效益好，发的奖金多了，那么想吃啥就买啥，完全不必让老婆盘算来盘算去的舍不得买。李丛林的思绪又回到了凯丽厂。凯丽厂让他牵肠挂肚的原因是现实而浪漫的。

磊磊一手拉着李丛林，一手拉着蒙蒙。那种一家人快乐的样子，让蒙蒙心情轻松了起来。她又买了几样菜，总共花去五十八元。李丛林连连咂舌，磊磊却说：“这算什么，我们同学春游买东西，一下就一百多元呢！”磊磊的口气像大老板似的，都说孩子花销大，一点不假。夫妻俩的工资大部分都花在儿子身上了，算起来一大堆费用，一样也不能少。

蒙蒙在厨房做菜烧饭的时候，李丛林就翻看磊磊的功课。磊磊的功课做得干净、整洁，一百分也不少。这让李丛林安慰。李丛林双手举起磊磊亲了又亲，这是父子难得亲热的时光。

“吃饭啦。”蒙蒙解下围裙说。

一家三口围桌吃饭的日子不多，蒙蒙忽然有一种温馨的感觉。蒙蒙对李丛林说：“你工作辛苦，多吃些鱼虾，平时在厂里吃饭也要注意营养。”李丛林说：“你是贤内助，你比我更辛苦，你更应该注意营养。”

夫妻一客气，倒变得生疏起来，仿佛身边坐着的都是熟悉的陌生人。沉寂片刻后，蒙蒙说：“今天晚上要开家长会，你去吧？”

李丛林点点头，他吃完晚饭，嘴一抹，朝儿子的小学奔去。此刻，他坐在儿子的课桌前，思绪无限又感慨万千。

二十四

“五四”青年节那天，徐娃做完一档电视节目主持，约蒙蒙去银星假日酒店内的美国西部酒吧喝拿破仑。徐娃说那里有美国乡村歌手粗放而热情的歌唱。蒙蒙应约而至，与徐娃携手走进洋溢着美国西部牛仔气息的酒吧。这里的星条旗、木车轮、酒桶，还有酒吧门口高悬着追捕西部大盗通缉令的游戏，让蒙蒙觉得好玩。虽然蒙蒙看不懂由霓虹灯组成的歪歪斜斜的英文字母，但蒙蒙乐于喝拿破仑和马提尼酒加冰块。

乐台上有四个美国牛仔弹着吉他，唱着思乡的情歌。卫星电视播放着不知哪一国的电影。所有的对白都淹没在牛仔们的摇滚里，演员在屏幕上作无声的表演。

大家说话只能悄悄耳语，仿佛置身在美国。蒙蒙左右环顾，两个美国人坐在吧凳上，慢慢喝酒，和屏幕上的演员如出一辙。另一边，两三个日本人围桌而坐，烛光下他们的交谈有如一场阴谋，仿佛还想策划偷袭珍珠港。

徐娃是这个酒吧的常客。她与朋友来这里，是因为喜欢这里的氛围。徐娃从小就梦想做一个美国西部牛仔女郎。这会儿她告诉蒙蒙，终于找到了一个美籍华人男友。各方面都不错，开着一家服装店，只是年龄比她大上二十多岁。

“不太合适吧？”蒙蒙说。

“这有什么，如今老夫少妻多着呢！”

蒙蒙无权干涉徐娃的恋爱，便不再作声。这时候美国牛仔们还在尽情歌唱，蒙蒙并不喜欢摇滚。曾经有一盒《回声》的磁带，让她喜欢。那绝无仅有的空灵飘逸，那超脱尘缘的声线，一下子牢牢地抓住了她：“不要问我从哪里来，我的故乡在远方，为什么流浪，流浪远方，流浪……”一遍又一遍，她着迷似的沉醉在女歌手那时而忽闪不定，时而直冲云霄的倾泻之中。

这位歌手就是齐豫，她是蒙蒙为数不多的喜欢的歌手之一。她的歌哀怨而浪漫，散淡而典雅。宽广的音域，能把每首歌的意蕴发挥到极致。随意的气息，仿佛在没有止境的气声上游动，宛如一个游离于时空之外的精灵，孤傲、冷艳，在抛却不开的情感红尘中，飘然来去。

“你喜欢齐豫的歌吗？”蒙蒙问。

“她的歌一点儿不刺激。”徐娃说。

蒙蒙与徐娃在许多地方不能沟通。徐娃自从做了电视节目主持人，整个观念变得特别新潮。蒙蒙在她眼里是一个不合时尚的人，一个跟不上现代节奏的人。事实的确如此，徐娃视线向外，而蒙蒙目光朝内。如果蒙蒙不用肩负现实生活中那么多的重担，那么蒙蒙宁愿像婴儿一样无尽无休地睡眠。睡眠就是蒙蒙的想象之地，也是她的精神归宿之地。

她们从酒吧出来，徐娃遇上了一个朋友，也是那种特别新潮的时髦女子。她们一拍即合，去一个地方。蒙蒙不去，她一个人散漫地走。前边是西湖。西湖的美，要慢慢品，绝不能走马观花，否则你就享受不到它内在的韵味和高贵典雅的情愫。它的花草鱼鸟、湖光山色、桃柳相映，它的文化氛围、人文景观、历史遗迹互相交融在一起。慢慢品，才会品出你独有的感受。而那感受，才会让你融西湖于一体，美在不言之中。

蒙蒙曾经有一本《西湖旧踪》摄影集，那上面有几张旧人所摄的西湖景观。蒙蒙还依稀记得它们是落日中点点残败的湖光（湖滨），昏黄天空下的古道（苏堤），随风摇曳的瘦树（初阳台），以及快要倒塌了的雷峰塔（雷峰夕照）。时间依然在这里，而人流逝了一代又一代。

现在蒙蒙绕过西湖去宝石山，去看山顶上的小木屋。

传说音乐流动的时候，山顶的小木屋就扶摇直上。当音乐的节拍抑扬顿挫地把世界切割成许多彩色断带时，小木屋旁已干涸的河床忽然涌下澎湃的河水。月亮升起来了，西湖的月光照亮了小木屋。褐色的小木屋，在月光下变成了紫色。紫色的小木屋里，流淌着曾经的故事。

蒙蒙登上宝石山，觉得比在酒吧透气舒畅。蒙蒙已经很久没有登宝石山了。最末一次是与余亮、菲菲、磊磊一起登的。宝石山依旧，余亮却至今下落不明。世事无常，人的命运有时握在自己手中，有时却不能。

一阵忧伤向蒙蒙袭来，她朝回家的街上漫不经心地走。街上车水马龙，熙熙攘攘，商店里灯火辉煌。这城市的景观，在蒙蒙心里始终有一种恍若隔世之感。长久以来，她一直没有让它进入她的内心。她对它的感情日益淡漠，是缘于她心灵的逐渐强大。她已不再需要用外部世界的热闹，来填补内心的空虚和胆怯。假如她一个人生活在孤岛，四周是一片荒野，只要有阳光她完全会像古罗马时代哲学家第欧根尼那样，住在一只木桶里思想。她喜欢那种遗世独立的生活。

天桥下一个老妇人双腿跪地，目光呆滞地向行人乞讨；距她不远处是一个乞丐男孩。男孩头颅奇大，没有左手，断掉的残头像打磨得铿亮的小拳头，闪闪发光。他本该是一个学生，坐在课堂里。可他却坐在地上乞讨。蒙蒙身上立刻穿过一股寒气，从兜里掏出两个一元钱硬币，丢在他的一只白色瓷碗里。

回到家，蒙蒙先去录音电话里听听，有没有公安处长的电话。然后进入千篇一律的傍晚家务工作。人活着，就是一天天重复自己。人类也是不断重复，才得以繁衍下来的。有时候人们对某一种古老事物，有似曾相识的感觉，仿佛身临其境。蒙蒙常常把这样的感觉，理解为基因遗传所致。

晚上蒙蒙在睡梦里，听见一个女人的长啸从黑暗深处传来。这声音在抵达蒙蒙耳朵之前，让她的肉体一紧，就像等待一道鞭子凌空劈下。尖叫，是女人最常用的武器。然而这尖叫又煽情又凄厉无比，充满女性主义不可抗拒的神秘力量。也许内心压抑的东西太多，只有通过尖叫才能宣泄。

小时候在姨妈家里，除了听姨妈唱歌，还能听到姨妈的尖叫。姨妈的尖叫常把蒙蒙与徐娃吓得面色苍白；而哥哥与表弟却像没事一样，在他们小小的房间中，摆弄精心搜集的东西。譬如，树根、瘸腿椅子、废旧的铁料边角、用细铅丝编成的鸟笼等等。他们把这些东西拆开，重新组合，再打乱，再组合。许久许久，他们周围就只有窗上的晚霞，以及一些陈旧不堪的东西陪伴他们。他们后来还玩过老鼠、蟋蟀；再后来对水井和窗口发生兴趣。最后他们的嗜好，一天天寡淡下去了。

姨妈的尖叫让蒙蒙记忆犹新。

蒙蒙知道姨妈曾经有过一个情人，情人是一家服装厂的服装设计师。那年头人们普遍穿着单调，姨妈却花样繁多、式样新颖。革命群众说她是小资产阶级生活方式。

姨妈的情人，谁也没有见过，蒙蒙只是道听途说。有人说那个石屋，就是姨妈与情人幽居的地方。其实那是姨妈情人的工作室，有十几个塑型模特。姨妈情人的怪僻行为，曾引来很多好奇的目光。有人背后叫他漏斗裁缝，其原因是他工作一忙就在漏斗里小便。

姨妈叫漏斗裁缝石师傅。姨妈与石师傅第一次做爱，就在这间石屋工作室里。那是一个春季黄昏，乍暖还寒时节，姨妈春意荡漾，噢噢的呻吟声带着快活与激动。姨妈与石师傅的情人关系，断断续续维持了两年零三个月。

姨妈离开石师傅后，石师傅变得更加冷漠与怪僻。许多个黄昏，他把罩在塑型模特上的衣服全部剥光。他喜欢看它们赤裸裸地暴露在暮色中。他有一种蹂躏它们的欲望，用别衣针重重地戳在它们的肌肤上，以致它们全身出现蛛丝一般纤细的网状花纹。然后再把它们一个个踢倒，把廉价的葡萄酒洒在它们身上。浓烈的酒味和沉沉欲睡的姿态，使他仿佛有一种睡在十几个女人身上的感觉。那感觉让他获得灵感。他起身画设计图，马蹄莲花形向上翻卷着深不可测的花蕊，宛如放大了的女性生殖器。他感到满意，发出一阵怪怪的狂笑。

如今蒙蒙与姨妈当年一样，她心里的道德、良心、审美、爱情、喜悦、荒乱就像洗衣机里的衣服一样，彼此纠缠。蒙蒙已在爱情的利刃上舞蹈，但她还不知道会不会把自己舞得鲜血淋漓。

许多时候，蒙蒙感到范柳刚总在借故逃离她。生活中，总可以随便找到千百条理由逃脱，这一点成年男女都早已谙熟。这使蒙蒙不得不怀疑范柳刚，可无论哪一种怀疑，蒙蒙都不愿意。她的眼里忽然盈满泪水，想让它们落下来，因为那是心里的淤积。医学上说，那样满载情绪的眼泪，绝对应该落到体外去，有毒的。如果排出去，心会舒服。蒙蒙眨眨眼睛，眼泪却已退回到深处。

人到一定的时候，流泪也不是一件容易事。蒙蒙想起美国作家凯如阿克的长篇小说《在路上》，就联想到生命的一种状态，一种行动着的风景。其实，每一个人都在路上。只是时空浩瀚，人生如蚁，不管如何努力，如何挣扎，如何辉煌，最终都难免“若白驹之过隙，忽然而已”。只有墓园，才是人们结束路上的真正归宿。

也许路上走得太苦太累，蒙蒙越来越喜欢墓园。去墓园就像越过千山万水，看一个老朋友。看到了，彼此默默相对，回忆过去相处的时光。墓园是宁静而安详的，每次从墓园回来都会想到李商隐的《锦瑟》。《锦瑟》是诗人对逝去年月的叹息、追思，抑或是对生命将走时的挽留。因此人在路上，有时四顾何茫茫，有时又步履匆匆、气喘吁吁。好在蒙蒙明白了生命是短暂的，生命只是天宇暂时的孩子。

二十五

胡梦娴再一次与范柳刚约会时，已经爱上了范柳刚。胡梦娴脸上一片明媚的阳光。她曾写过“玫瑰玫瑰我爱你”这样的句子，约会前她选一条红裙子穿上。对着镜子左看右看，她觉得自己就像一朵盛开的红玫瑰。

湖畔是恋人们的地方。胡梦娴与范柳刚从孤山下来后，相拥走在白堤的柳树下。夏季夜晚的湖面飘浮着荷香，胡梦娴在闻到荷香的同时，闻到了身旁男人陌生的与丈夫相异的气息。不知是梦是真，她忍不住回眼看从身后伸过手臂来将她环住的男人。

范柳刚微笑着俯下脸，用嘴唇夹住胡梦娴的脸颊，轻轻吻了一下。最初追逐的振奋和心计，在胜利中化为全身欢愉。渐渐地，范柳刚的身体涌动着越来越激烈的热流。他要驯服这女人，他要撕扯这女人，然而他现在要控制住自己的情绪。

“你在想什么？”胡梦娴问。

“想你。”范柳刚说。

胡梦娴低下头，一股羞涩的样子像回到初恋。初恋是多么美好。那时她听说，女人被男人爱就变得漂亮。可漂亮女人，一旦进入婚姻就被油、盐、米、醋、孩子纠缠住。爱情也在婚姻生活的不知不觉中，淡漠或者消失了。

“难道还有第二次爱情？”月影婆娑下，范柳刚深情的目光始终没有离开胡梦娴。他像一个守林人，欲把胡梦娴宁静的生活击得粉碎。

“你是一个小魔女。”范柳刚一边说，一边把脸贴向胡梦娴。胡梦娴躲闪了一下，很快被范柳刚沉重有力地吮住了嘴。那是一个陌生的接吻，胡梦娴感觉体内有一股热流在翻滚奔突，那是一种挤满了再生的深情与沉迷。她禁不住伸手搂住范柳刚的脖子，把身体紧紧地贴在这个充满了柔情的男人身上。她微微闭上双眼，仿佛看见自己是百花园里一朵娇艳的玫瑰花，在明丽的红色中，有许多金星缓缓飞过。

他们来到树下，树下爬满青藤，坐上去软软的，很快嗅到被挤压的青草散发出来的草汁芳香。胡梦娴双手搭在范柳刚肩上，仿佛自己是一片轻轻的树叶，悠悠漂浮在浸满了温柔与悲哀、稠重得几乎流不动的河面上。从前她也是这样双手搭在丈夫肩上，只是丈夫没有范柳刚的柔情，也没有情趣。她伸手捋着范柳刚的头发，范柳刚的头发比丈夫茂盛。丈夫还没有上年纪就脱了顶。胡梦娴从没有捋过丈夫的头发，这种亲昵的表现倒是在范柳刚这里才有的。

“我爱你。”范柳刚用手指画着胡梦娴的眉毛说。

“我也爱你。”胡梦娴说。

胡梦娴喜欢范柳刚的国字脸儿和方正结实的下巴。胡梦娴为这突如其来的爱情，一方面感到新鲜刺激，另一方面又感到茫然。毕竟她追求真正的爱情，但现在她还不知道他们的爱情是否会达到生死相守、唇齿相依的地步。

“我有一件事与你商量。”范柳刚说。

“什么事？”

“我想你再为我们写一篇采访稿，但不要为难你。”

“有点难度，领导说要重点放在国企，不过我会尽力。”

范柳刚把胡梦娴搂进怀里，表示感谢。这时一阵风轻轻拂过他们头顶，树叶婆娑起舞，一只鸟儿在树的深处鸣叫，长长的声音，婉转而悲哀。

“回去吧？”胡梦娴说。

胡梦娴站起来，范柳刚在月光下看着胡梦娴静静耸动的肩膀。他把她有点零乱的头发捋了捋说：“我送你？”

“不用。”

范柳刚望着胡梦娴上出租车后，依然坐在那里。他明白胡梦娴不让他送的原因是谨小慎微。范柳刚心情愉悦着，那是情场上男人屡屡得手的愉悦。范柳刚为自己的生命竟然是这样鲜活、强烈，充满欢欣、力量而感到安慰。他想无论商场和情场，李丛林都不是他的对手。

“李丛林能神气个什么屌蛋？”

范柳刚跳上出租车，回到918房间时，他看见敏蹲在门口等他。他十分惊讶。他听见敏说：“我等你两个多钟头了，你去了哪里？”

“你找我有事？”范柳刚冷冷地说。

“我的身体一直不好。我为你做出牺牲太大，你拿什么偿还我？”

“给你。这是五百美元。”

“谢谢，不过我更需要你的爱。”

“我们到此结束吧！”

“不能，现在你爱谁已不重要。重要的是我要借你的阴茎，满足我的欲望。”

“你真是个婊子。”

“婊子又怎么样？”

敏已记不清第几次与范柳刚做爱了。敏掉到性爱的泥坑里难以自拔。她要享受范柳刚暴风雨般的撞击。可她今天发现范柳刚仿佛从山顶一下摔到地上，瘫软沉重得像一头死猪。

敏在厂里是厂长秘书，一切听从厂长吩咐。厂里群众传着她与厂长的暧昧关系，她不在乎，依然我行我素。倒是厂长怕影响权力、家庭，好几次想把她调走，但没有适当的借口，一直拖着。敏知道厂长的动机，她心里骂这些臭男人：尔虞我诈、权力金钱、地位女人什么的统统都要，就是不想负责任，捞一把逃走的厂长和情场上的下流男人太多了。

敏骨子里痛恨男人。

这晚敏幽灵般地离开范柳刚，范柳刚却整夜无眠。他为怎样对付女人，费尽心机。女人是他生命中的活水，也是他在事业上没有干出什么成就的支撑。他要向女人证明他的能力和价值，也要向男人证明他的能力和优越感。

二十六

某个初夏的早上，蒙蒙忽然接到公安处长的电话。她的心怦怦地跳着，说不出是恐慌还是惊喜。

“我们已调查了那个女人，那个女人与你哥哥确实有关，但我们还要做进一步侦查。”处长说。

“真的，真有这样的事？”蒙蒙兴奋地问。

蒙蒙搁下电话，为自己产生令人费解的玄奥而震惊。梦中带毒汁的女人，果然梦有其人，而且成为一桩案件的重要线索，难道人真有第六感觉？

公安处长叫杨巴。杨巴是公安局最出色的侦察员，天生的破案高手。如果说案子是块骨头，杨巴就是鼻子最灵的狗。他只需嗅上几嗅，就知道该往哪个方向走。杨巴曾将二十多年前的一个血案破获，将凶手逮捕归案。那个案子充满鲜血和传奇，人们都没想到一个市劳模，辉煌的背后竟是杀人凶手。

现在杨巴有了这条线索，对余亮失踪案充满了信心。然而其他警官信心不大，他们各种恶性案子见得多了，再大的事到了他们那里，也一派波澜不兴的样子。何况余亮只是失踪，谁能断定他死了呢。警官们宁愿坐办公室，三言两语说一些多少有点下流的笑话互相调侃，也不愿意与杨巴一起干这无聊的侦查。

那个带毒汁的女人是卖服装的个体老板，她过去常坐余亮的车。她与余亮是通过另一个女人介绍而成为朋友的，杨巴就知道这些。许多疑点在他脑子里盘旋，但没有确凿证据前不能打草惊蛇。有一天，他与负责案件的组长冯桥熬了一夜分析案情，结果夜里停电，点了许多蜡烛，两个人眼睛红红的、面孔黑黑的，极现疲惫。

杨巴说话声音不大，却很有震慑力。冯桥知道案犯遇到他都怕他。这会儿杨巴分析了疑点，并设计一套周密的行动方案。他命令冯桥案组布下埋伏，找到更有力的线索。当然他是这场破案的主角，需要把思考、想象、推理、逻辑思维等都用上去，才能破这个隐蔽的一下子看不见血案的案子。

这些天蒙蒙最关注晚报新闻和电视新闻，她要看破案的消息。尽管这一类消息，总让她毛骨悚然，但把凶手逮捕归案、绳之以法才能大快人心。哥哥余亮凶多吉少是一个事实。余亮如果不出意外，绝对不会丢下菲菲不管。菲菲是他的命根子，然而这种不幸的事情，蒙蒙要尽量不让菲菲知道。

菲菲是个敏感、聪明的孩子，颇有想象力。有一天她对蒙蒙说："等我爸爸回来，我要让爸爸带我钻进金字塔去。"金字塔是世界七大奇观中，最神秘最令人叹为观止的建筑。杭州乐园有一座仿金字塔，周末就带菲菲、磊磊去杭州乐园玩儿吧！

周末那天蒙蒙让菲菲、磊磊写一篇想象二十一世纪的短文。蒙蒙说："你们写完了，我才能带你们去杭州乐园。"结果两个小家伙很快就完成了任务。菲菲写了一篇《未来的音乐城市》。她说未来的城市应该充满音乐。全世界的噪声都变成了音乐，城市就充满诗情画意了。磊磊则写了一篇《宇宙运动会》。这个题目颇有新意。他把运动会与人类科学联系在一起。他说神秘的太空将点燃明亮火炬，进行又精彩又激烈的星球大战。未来的运动会不是凭力气，而是凭智慧。磊磊想象丰富，做个作家倒有天赋。然而他梦想当一个足球明星。他对足球明星的崇拜已到了痴迷状态。他在语文作业上写着不知从哪份小报上抄来的文字：

【法新社米兰6月8日电】非洲雄狮吼叫了，力图卫冕冠军的阿根廷队却挨了当头一棒，他们在米兰朱赛佩，米亚沙体育的绿色草皮上流了血。马拉多纳和他的猎手们这次成了被猎对象。当第66分钟，喀麦隆队的比耶克踢入决定胜负的一球后，阿根廷人成了这场捕猎中的牺牲品。对超级球星马拉多纳来说，这种结果并不使他吃惊，因为在整个比赛中他多次陷入对手的重重包围之中，无法发挥作用。

【德新社米兰6月8日电】西德队教练贝肯鲍尔在观看了阿根廷队与喀麦隆队的世界杯首场比赛后，对喀麦隆队的表现大加赞扬。贝肯鲍尔说："我向喀麦隆队表示敬意。他们在1982年就已证明他们可以踢出很精彩的足球。他们爆了本届世界杯的第一个冷门，他们始终掌握着比赛的节奏，以防守反击威胁着对方。"

【美联社米兰6月8日电】在世界杯首场比赛上，表现令人失望的阿根廷队前锋马拉多纳仍然相信，阿根廷队能夺取世界杯最高荣誉。马拉多纳赛后对记者说："我们不能再输，现在我们想报仇。”

磊磊在这三段文字后面还写了一句：“我简直伤心透了，这教室几乎埋葬了我心中的英雄马拉多纳。”

二十七

李丛林在重重压力下，拍板添置的新设备，终于顺利地在新成立的车间投入生产。新成立的车间取名为新车间，工人大部分是各个车间抽出来的年轻人。上马的新产品有懿贵人东方香水、懿贵人牛奶嫩白露、懿贵人美容祛斑霜。这些产品都是杨庆房率技术人员，参考清朝宫廷秘方研制而成的最新产品。李丛林为新车间成立、新产品上马忙得团团转。财务报账、签字画押、市场宣传，每天加班加点地忙碌。电话铃响起来时，十有八九是新产品问题。他有点神经衰弱，回家摸到床倒头就睡，睁眼又是一大堆事务等着他。工作似乎成了他生活的全部，他总认为做国企厂长不努力不行。国企厂长要像私营老板那样讲究实际，坚定不移地为厂里干实事。

凯丽厂是李丛林的舞台，这舞台远比窝窝囊囊在局机关耗去寸金年华强多了。不以成败论英雄，李丛林只需过程，只需在做厂长的过程中，体会充实与愉悦就够了。这时候梅森已正式调来凯丽厂。那天梅森请李丛林去厂对面新开的粤式酒家吃饭，李丛林推托不掉只得去赴约。

不知是哪家企业办的第三产业，内外装修都不错。李丛林与梅森刚坐下，就有身穿月白无袖旗袍的小姐笑盈盈地走过来。她们端上两杯龙井茶，递过来一份菜单。梅森点菜时，李丛林说随意随意。梅森说我们今天要喝个痛快，一醉方休。李丛林知道梅森心里很苦，所以恭敬不如从命。他们边喝边聊，达成的共识是男人心里的苦是真正的苦。

“搞销售是一件很难的事，我们的新产品能否占领东北市场就看你了。”李丛林说。

“销售是一门奥妙的学问，真正懂行的并不一定要敬烟送礼请客吃饭。我会选一些质量最好的拿到东北某些城市去销。打开销路杀出一个局面来。”梅森说。

“祝你成功。”李丛林举起酒杯与梅森碰杯，一饮而尽。

梅森的酒，已喝到了微醺的地步。李丛林只是脸上有点红晕。两人分别时，李丛林关照梅森摩托车开慢一点，不要风卷残云，要安全第一。

李丛林回到厂长室，厂里的职工早已下班了。只有新车间的工人，还在加班加点赶任务。贾小燕还没有回去，她看见李丛林面孔红醺醺地从外边进来，劈头就问：“你到哪里去了？你喝过酒啦？你怎么不找我去？”

“梅森请客。找不到你，还以为你回去了。”李丛林摸摸面孔说。

“新车间我刚刚去看过，第一批销往南方的货，明天包装完工可以托运了。”贾小燕说。

“那我去新车间看看。”

“你就不想与我聊聊天？”

李丛林沉默不语。

贾小燕是一个孤身女人，多年来尝尽了“长夜漫漫何时旦”的煎熬。她毕竟是一个现代职业女性，一个健全的不乏温情的女性。她不会像从前长门怨妇那样，只会作更深漏长的哀叹。她已经百炼成钢，能够想办法抵抗黑夜的折磨。所以她有时索性睡在办公室，以厂为家的日子也挺充实。

李丛林知道贾小燕所说聊天的意思，他不想与贾小燕有暧昧关系。尽管李丛林很感激贾小燕在工作上的表现，但李丛林是一个有原则的人。他曾对蒙蒙发誓过，除蒙蒙之外不会有别的女人。李丛林指的是肉体的亲吻、搂抱和性关系。精神上当然不同了，李丛林可以天马行空，想象驰骋。李丛林把少年时暗恋的女友颜泗仙作为精神妻子，这是一种美好的感觉，大大地过了他的瘾。

现在李丛林到新车间去，贾小燕望着李丛林的背影一跺脚，非常失望地拎起一只漂亮的白色皮包回家去了。这晚夜深人静的时候，贾小燕靠在枕头上就着壁灯昏黄的光线，细细阅读一部书。没有任何人妨碍她，她是一个三十八岁的独身女人。之所以三十八岁还独身，并不是嫁不出去，而是还没有真正找到理想的男人。

她常常这样安慰自己。

在贾小燕有记忆时，她的父母就分室而居。十三岁那年，有一个夜晚她起来撒尿，发现从母亲卧室里走出来一个男人。他赤着膊，下身穿一条很小的三角裤。他站在贾小燕面前，很明显他也要上卫生间去。当时光线太暗，贾小燕没有看清他的脸。但他四肢发达、体魄强健给她留下深刻印象。她忽然毫不客气地问："你是谁？"然而没有回答，这个男人只是淡淡一笑，就溜进她母亲的卧室。贾小燕忽然明白他是母亲的情人。母亲的情人总是等父亲不在家时，半夜里偷偷地来。

自从第一次与凯丽厂前任厂长有过性关系后，贾小燕与其他男人也有过一些性关系。只是那都不是爱情，而是权力与功利的争夺。贾小燕曾经爱过余亮，如今又爱上李丛林。但这两位厂长对她都严肃认真，她梦想得到他们的爱情不容易。

李丛林从新车间回来，发现贾小燕已经离开厂长室。

他松了一口气，本想回家，但新车间的工人还没有下班，就索性等他们下了班再走。这时他有一种想写一些什么的欲望，曾经梦想当作家，也发表过一些小文章。然而一晃眼，许多年过去了。最近他接到一份杂志的约稿，想利用这点时间写些什么，也好让大脑从企业这个实地，走出来呼吸一下文学的空气。他思索了一下，在白纸上唰唰地写着。一会儿新车间的工人下班了，那些年轻女工衣着时髦地骑上自行车回家去。李丛林抬起头来望着窗外，美丽的倩影忽然让他想到能否成立一支时装模特队，通过时装表演宣传凯丽厂的产品。

李丛林的这个想法，让他激动不已。他脑子里立即出现了一支模特队伍，那是凯丽厂女工表演的模特场景。回到家里，李丛林把这个想法告诉蒙蒙。蒙蒙说："这倒是个宣传办法，只是成立起来并不容易，起码要时间、精力、资金。"于是李丛林又陷入了沉思。的确，这些节外生枝的事，他还没有想成熟。

蒙蒙这么晚没睡是在看琼瑶片。琼瑶片谈不上高尚与深刻，却是许多女孩子、女人都喜欢看的片子。因为琼瑶的女主角个个都有人爱，个个又都不那么满意，有一些小小的无伤大雅的缺憾，使得她们有理由可以忧伤，增添诗意。因此琼瑶片总是在一个杂事全部消除的舞台上演出，人生严酷的斗争已经解决，剩下的全部是美丽的浪漫烦恼。人们不必为衣食所忧，一心一意地纠葛于情感之中。蒙蒙喜欢琼瑶片的理由，就是琼瑶写出了普通女人的情感与理想。蒙蒙觉得英子在情感方面，很像琼瑶片里的某个女主角。英子喜欢浪漫爱情，明天她就要到杭州中国美院来进修了。英子对事业，对爱情都有一种强烈的追求。

这一夜蒙蒙梦见了英子。

第二天蒙蒙去火车站接英子前，去了姨妈家。姨妈家蒙蒙每个月必须去一趟，看望姨妈是她的孝心与义务。此刻，她来到姨妈的房门前，走廊里静悄悄的。那种老年人居住的屋子，会有陈旧刺鼻的气味在风里荡漾。

姨妈老了。

姨妈在床上重重地擤鼻涕。蒙蒙被那声音一惊，远远望过去，姨妈捧着琼瑶的《雪珂》在读。蒙蒙早就读过《雪珂》了，书中一个女人舍命追求爱情，吃了人世间不少苦头，最后陷在巨大的矛盾中只有自杀。而那种自杀的方式，又是那么惨烈。蒙蒙望过去，发现姨妈心还没有老，也会像女工或者女中学生那样为琼瑶的故事哭。女人的心原来就像分布在世界各地的不同河流，最终要流向大海。蒙蒙后来没有走进姨妈的屋子，掉头走了。

二十八

来到火车站，这里永远是嘈杂不堪的。到处都是人，源源不断涌出的人，喧闹得杀灭了空气中东奔西跑的氧分子，令蒙蒙有一种窒息的感觉。蒙蒙站在出口处，从北京来的 31 次列车还没有到站。她只好耐心地等着。这时候一个中年男人走到她身边搭腔说：“你等谁？”

“一个朋友。”

“我在电影厂做导演。”那男人摸出一张名片给蒙蒙说，“我们以后多联系。”

蒙蒙吓了一跳，这种马路朋友不能交，谁知道他到底是不是导演。蒙蒙回避开去，那男人跟过来向她要名片。

“我没有名片。”蒙蒙说。

“那告诉我电话号码和尊姓大名吧？”男人说。

蒙蒙想了想，在一张小纸条上给他写下了她的姓名和厂里的电话号码。写完后，那男人接过纸条说，到时来厂里找你拍戏。

“拍个屁。”蒙蒙心里骂道。

这时出口处陆陆续续有旅客出来了。蒙蒙伸长脖子在人流中找英子，一个个找过去，出口处的旅客稀稀拉拉越来越少，蒙蒙正焦急时，英子出来了。她穿着一身深蓝色的绸裙，提着一只小型旅行箱，那风度气质，看上去的确像个艺术家。蒙蒙迎上去说：“英子。”

“我们又见面啦。”英子说。

英子心潮激荡，像一道亮光倏然而至。英子的声音悦耳动听，像风铃一样摇晃着，触碰着蒙蒙的皮肤和头发。蒙蒙知道英子前段日子百无聊赖，谈了一场不合心意的恋爱。现在她对男人抱有极大的偏见，认为天下男人没有配得上她的。然而她满腔的感情无处着落，觉得此生此世，一定还要再谈几场恋爱。世界上的许多事，都只能勉为其难地在这两难中艰难跋涉，既浪漫又悲苦。

英子把蒙蒙当成知己，有英子这个朋友蒙蒙觉得非常安慰，至少心有所依，互相有个关照与交流。于是她一直把英子送到中国美院招待所，安顿完她才沿着南山路步行到湖畔。湖畔是她常去的地方，尤其心情不好的时候，就喜欢到湖畔走走。这会儿她一边走一边想，为什么外地人都异口同声地说，杭州是个过日子的好地方，是不是杭州人清秀可喜，民风不强悍，志向不远大呢？

丰子恺曾记述过五六十年前，杭州一市民怎样在湖边钓了虾儿，拿到湖边小店白氽了过老酒。这样写意的生活，如今在湖畔也能看到。尤其是盛夏黄昏，湖边的人家搬一桌、两三椅，坐在湖边喝啤酒。清风过处，荷浪翻滚，淡香轻拂，就着灼灼荷花和几碟小菜，呷一口啤酒，看不够的湖。

的确西湖叫人看不够，却不会激动。很绵长的闲情逸致，够你在漫漫人生路上细细品。品到一杯龙井泡第三遍水了，淡到一丝若有若无的茶香，要有足够的耐心去体味。所以杭州人虽在六朝古都，却远不是见过大场面的。难免有时自惭，进而格外要面子。要面子是大多数杭州人的特点。李丛林当厂长也是为了面子，只是李丛林比一般杭州人多了些拼搏精神。

到底是万物蠢动的夏天，太阳像大红灯笼一样，喜气洋洋地挂在空中，无数的光和热倾泻而下。在这种火辣辣的季节，城市像兴奋的鸽子，拍打着羽翼尖声锐叫。蒙蒙走得满头大汗，想坐出租车回家却舍不得那几个钱，只得慢慢走。这世界金钱是罪恶的，爱情是糊涂的，艺术却是垂头丧气的。利欲熏心的烟雾飘荡在城市上空，谁还在关注灵魂的悸动。那些没有了灵魂的躯体，如同行尸走肉，在各个角落吞噬阳光和精血。

蒙蒙想起曾经有一个无比璀璨的夜晚，她走进迪斯科厅，那里放浪形骸的人们、醉死梦生的人们、声色犬马的人们、纸醉金迷的人们、蛇一样交媾的人们、被幻觉玷污的人们，千篇一律的姿态像黑色花朵一样滋长、枯萎、腐臭。那天她的身体在音乐中兴奋无比，每一粒细胞都在以超常于千倍的速度分裂、成长、衰老、死亡。蒙蒙喜欢节奏快的曲子，比如“死亡金属”“粉红弗洛伊德”等，这些曲子像绞肉机一样，肆意撕裂空虚、无聊、痛苦得要命的人。

蒙蒙感到自身肉体的强烈痉挛，那些乐队和他们鬼魅般的节奏，让她喜欢得五体投地。她完全没想到自己还有这种青春活力，还有这种一连串像鞭炮一样炸响的高潮。一曲终了，她坐在座位上休息，四周是装饰着雷诺阿风格的布景。第二支乐曲响起时，她看见彩灯次第亮起。一只灿烂的氖灯把一大圈血红的光晕投射到舞池正中，像照耀一只巨大的子宫。那些涂着银唇、黑唇、红唇，眼波乱飞，耸着肩膀连每根腋毛都香喷喷的女人，飞转着玉腿立即就掉进云里雾里了。她们相信自己是世纪末最“酷”的女性。

蒙蒙打断思路，在公共汽车站停了下来。她想花一元钱，坐 31 路双层巴士回家，既便宜又省力。她耐心地等着巴士，这时，一辆宝马新车在她面前忽然停住，那司机探出头来说：“嗨，蒙蒙你等车？”

原来是小时候的邻居小伙伴，蒙蒙已记不得他的名字了，但他还认得蒙蒙。他热情地邀蒙蒙坐他的车，蒙蒙就跨上宝马车。路途十多分钟时间，蒙蒙知道了他继孤独的少年后，迎来了一个奋发图强的青年时代，考上了北京大学，又在九十年代初跑到美国读了工科硕士，这宝马就是他的私人轿车。然而他却说越活越疲沓，什么事情都提不起劲。蒙蒙望着他的神情，脸上的微笑显得非常安静。尤其是他讲述对童年的怀念，对逝水而去的青春而伤感时，就像一剂溶液诱发了蒙蒙的共鸣。

回到家里，邻居小伙伴的出现让蒙蒙觉得这世界很小。那么多年不见的人，也会在瞬间相逢。这种相逢虽然只十多分钟，但留下了无限美好的回忆。小时候蒙蒙与他一起玩过泥巴，他们用泥巴捏成一个泥人，或者别的东西。他们把捏好的泥人排成一排，做泥人的主人。

这些天磊磊也在玩泥巴，抽屉里存放着红的、黄的、蓝的橡皮泥。磊磊要捏一个磊磊出来，可他捏了几天也没捏成。磊磊太小了，他还不懂得怎样塑造自己。于是蒙蒙想何不自己捏一个，把自己重新塑造一番？从而认识自己、肯定自己、更新自己。

蒙蒙用一团泥巴造出了自己的头，一个圆形的木瓜般东西，上面有七窍；接着蒙蒙让她微笑着露出牙齿，蒙蒙端详着她，很快把整个泥人塑造出来了。这个泥人比自己温和多了，也庄严多了，这就是蒙蒙的另一个自己。她纯洁、肃穆、高贵。

蒙蒙把泥人摆在书桌上，这样每天都能看到她。她是一个精神主义者，大眼睛里充满渴望。她渴望什么呢？另一个人的关心，抑或是神的眷顾？其实，蒙蒙知道她只渴望另一双眼睛。她的眼睛与蒙蒙的眼睛互相注视，这就够了。

门铃响起来的时候，蒙蒙从“猫眼睛”里望出去，看见邻居小周抱着六个月的儿子来敲门。蒙蒙打开门，她把孩子塞给蒙蒙说：“帮我管半个小时孩子，我有要紧事出去一趟。”

蒙蒙说：“好吧，快去快回。”

然而，孩子见小周走后哇哇大哭，任蒙蒙怎么哄，也止不住哭声。蒙蒙急得抓耳挠腮，为他扮鬼脸，可他不吃这一套。蒙蒙拉长着脸，把家里能吸引孩子的东西，一样样拿出来。孩子却对它们仍旧不理不睬，直到一个胭脂盒出现了，才抽抽噎噎伸出手，很快止住了哭。蒙蒙赶紧为他冲一瓶奶，她一边冲一边想，这个小家伙长大不要做情种呢！这会儿，孩子玩过胭脂盒又喝过奶，便安静地睡着了。

蒙蒙松了一口气。磊磊是蒙蒙带大的。那时候蒙蒙产假一年，李丛林上班后，蒙蒙就忙得团团转。通常是刚刚打扫完房间，还没来得及洗手磊磊又醒了。磊磊是哭着醒来的，她连忙上前抱起他，左摇右晃地哄着他，给他唱童谣。然而这一切努力都无济于事，磊磊在她怀里扭来扭去，她一时不知道怎样对付他。他为什么哭，要奶、要玩具，还是要拉屎？初为人母的蒙蒙正迷惑不解时，他突然止住了哭声，端起肩膀、圆睁双目、打了个激灵，一副极庄严的表情，令蒙蒙蹊跷不已。

当蒙蒙托着磊磊屁股的手，感觉到被一团柔软而热乎乎的东西溢满时，一股臭气已随之弥漫开来。那一刻蒙蒙慌乱极了，竟不知该如何为他把屎。脑袋木木地反应不过来，最后错误已经无可挽回。他拉完了屎，而蒙蒙的手掌如同涂满了厚厚的金黄色颜料。蒙蒙用手纸擦手，又给儿子擦屁股。最后索性烧水给他洗澡，当她把他赤条条放入澡盆时，他竟咯咯地笑了，并冲蒙蒙叫："妈，妈妈。"这是儿子第一次冲蒙蒙叫妈妈。

"妈妈开门。"磊磊在门外喊。

"来啦来啦。"蒙蒙赶紧应着。

磊磊带回来一帮小朋友，他们很快把熟睡的孩子吵醒了。蒙蒙只好抱着孩子来到街上，指着汽车、行人、广告牌给孩子看。孩子"哦哦"地叫着，仿佛听懂了蒙蒙的话。这孩子本来有一个保姆，那保姆后来偷了东家的东西逃跑了。

天色已近黄昏，家家户户散发着忙碌的晚餐气息。蒙蒙在焦虑中，终于等来了孩子的妈妈，如获大赦。她急急忙忙回到家中做晚饭，炒菜、煎鱼又烧了一锅肉骨头汤。肉骨头汤有改善微循环和抗衰老的功效，还有特殊的养分和大量的胶原蛋白，可以减少心血管病的复发。肉骨头汤，是李丛林最喜欢喝的汤。

蒙蒙把烧好的菜都端到桌上，她与磊磊等着李丛林回来，可李丛林迟迟不归。她把菜热了三遍后，对磊磊说：“吃，我们吃。”

李丛林晚归令蒙蒙心生不快。她想到了范柳刚，这两个在她生命中留下永远痕迹的男人，其实都是一种象征。象征着女人对激动人心的爱情的追求，对异性的爱慕和欣赏的向往。这种渴求正因为附在易亡的感情上，被感情的不永恒一次次伤害，又一次次被追求的雪亮犁刀犁手，使之成为可以生长出爱情鲜花的肥沃土壤。周而复始，直到向生活屈服不再有骚动。

电话铃响了起来，蒙蒙拿起电话筒听见英子咯咯的笑声说：“我在酒馆里喝酒，你过来吧。”蒙蒙说：“我走不开。”搁下电话后，蒙蒙觉得喝酒的时间还不如研究一下自己的雕刻技术，只要自己再努力些，超过英子的雕刻技艺不是没有可能。

李丛林回家时，蒙蒙已睡得呼噜轰隆隆响。李丛林的心一下松了下来。今晚他最怕蒙蒙盘问他，因为他之所以没有回家吃饭，是路上遇到了从前新星文学社的酸户头。酸户头真是大大地了得，开了一家装潢广告公司发了财，轻而易举就买了一辆白色凌志轿车。酸户头说这算不了什么，那个写小说的老枪炒股炒了几百万呢！

酸户头见到李丛林，一定要请李丛林吃饭。似乎不这样，不能显露他的阔气。李丛林随他来到杭州酒家，他叫了一桌子菜，李丛林听他谈装潢、广告，他就越说越起劲，认为装潢与广告是目前最赚钱，也是最艺术的一门职业。他说："你不要以为装潢、广告，只是街面上或者电视上看到的那点东西。那是很狭窄的，真正优秀的装潢与广告是全方位的、立体的。这种事情搞得好，就像交响乐一样激动人心。"酸户头眉飞色舞地向李丛林描述他的装潢广告公司。李丛林借机让他的广告公司宣传凯丽厂。酸户头说："朋友帮忙，一律五折。"

吃饱喝足后，酸户头拖李丛林去歌舞厅娱乐。李丛林说我不会跳舞，我不去。酸户头说亏你还是个厂长，厂长要学会些交际。不会，慢慢学就会了。李丛林拗不过他，只好与他去了歌舞厅。

李丛林看到包厢里一对对男女，全都搂抱在一起亲吻、抚摸。有的甚至还躺在沙发上亲热，做一些刺眼的动作。这让他想到“妓女”这个词。二十世纪九十年代初，有一次他随局长去海南岛出差，那几天海口正流传着一个案子，说的是某某儿子找了一帮人从北京到海口炒房地产。有天这帮人到歌舞厅跳舞，与几个漂亮女人混在一起，其中某个人当场在包厢里嫖妓。公安人员得知后前来捉拿案犯。就在这时某某儿子领着这帮人正要离开，牛气惯了的公安人员用手拉着他们说：“站住。”

这一拉，使这帮人理由十足地冲上去拳打脚踢。他们把两个公安人员打得落花流水，其中一名被打断两根肋骨，还打掉两颗门牙。这个故事长久以来，使李丛林对歌舞厅没有好感。他觉得歌舞厅是最容易使人堕落的地方。他宁愿一辈子没有艳遇，一辈子都疲倦地聆听上帝的声音，也不愿到歌舞厅这鬼地方泡着。于是，他对酸户头谎说头晕快步地走了出去。

李丛林走后，酸户头望着他的背影摇摇头。酸户头认为李丛林这么固执，一心一意只扑在那个凯丽厂，却忘了四周空气的热力，忘了雨后树叶的爱意，摩天大楼上的疯狂，秘密阴沟里的饥饿，以及每一寸肌肤上的哲学。而这些恰恰就是生活的精髓。

二十九

已是盛夏时节，中午李丛林懒洋洋地望着窗外。窗外热得要命，毫无新意可言。阳光如刀，街道如坏死的蛆虫，房屋则是死气沉沉的船。这种燥热减淡了李丛林内在的激情，使他经常会有一种憋闷的感觉。有时做梦仿佛自己已被枕头窒息，但不知道究竟是身体还是心灵的缘故。此刻，他想午睡一会儿，把头靠在办公桌上。

“李厂长。”王春春叫醒了李丛林。

“什么事？”

“局生产处长打电话来说，下午他要来我们厂，你看我们怎么接待他？”

“马处长不就是凯丽厂的前任厂长？他对凯丽厂的每个角落都熟悉得很，还要接待吗？”

“接待是一种礼遇，怎么说他也是代表局里来的。何况他现在是局里的生产处长，直接管着我们。”

“来一个局里的人，就要兴师动众，我们还要不要正常工作？如果天天有局里人来，你接待得过来吗？依我看淡然处之，他来他的我干我的。”

李丛林与王春春正说着，杨庆房进来了。他劈头就说：“李厂长，我可不要做劳动模范，把我的照片从光荣榜上撤下来吧。”

“为什么？这是荣誉啊！”李丛林不解地问。

“我一个劳改释放犯没有资格做劳模，研制新产品是我为厂里将功赎罪的事。”杨庆房说。

“是不是有人说闲话？你别理他们。”王春春说。

“那我把奖金捐给厂里表表心意吧。”杨庆房说。

“你还是自己留着，你还要娶妻生子用场多着呢！”李丛林说。

“对对，留着自己用，到时候成亲可不要我们工会补助啊！”王春春说。

“不会不会。”杨庆房笑笑说。

杨庆房心里踏实了许多，离开厂长室时转过头来又说：“那我就当劳模啦！”

“放心当你的劳模吧！”王春春一边说，一边随杨庆房走出厂长室。

李丛林一个人静下来，心想国有企业的优势在哪里？

是不是它的个性化特点在于组织结构灵活、市场反应敏锐、结构调整快捷、产品适应多元化消费？他认为市场经济无论是大产品，还是小产品；无论是技术密集型、资金密集型产品，还是劳动密集型产品；无论是大商品，还是小商品；无论是名牌商品，还是一般商品，只要有市场就有生命力，只要有特色就有竞争力。企业的强弱，在很大程度上不取决于企业的大小，而在于企业的个性和特色。

门外响着踢踢踏踏混乱的脚步声，有人骂王春春你给我出来，你这个臭婆娘，你断子绝孙，不得好死……李丛林想出去看看偏偏电话铃响了。李丛林拎起话筒，黄惠芬迫不及待地说："李厂长，局里马处长来我们车间了。他要我们拆箱让他检查质量。"李丛林哼了一声，略思片刻说："那就让他检查吧！"李丛林搁下话筒走出厂长室。

"×你个娘，你不积阴德来世让你做猪。"那个身强力壮的汉子指着王春春骂。

"谁这么满口脏话？"李丛林冲着一帮人大声呵斥。

那个汉子在李丛林的威严下闭住了嘴，他身旁一个瘦瘦的穿着金工车间工作服的男人，拉着他的袖子说："回车间去吧！"

"那个人是金工车间的钳工，他为了把家里的公房买下来要向工会借一万元钱，工会哪里有这么多钱？"王春春对李丛林说。

“这些人也太过分了，你得与他们保持距离树立权威，他们就不敢对你这样没有礼貌。”李丛林说。

“树立权威，怎么个树法？”

“一下子很难回答你。老马已去了包装车间，他在那里检验我们的产品。”

“他想找我们碴，这么卑鄙。”

“不能这样说。”

“那我们到包装车间去看看。”

李丛林与王春春刚走出厂部办公室大门口，就看见老马大摇大摆地过来了。

“马处长。”王春春迎上去说。

“李厂长呀，我刚才去看了你们包装车间，焕然一新，那些下岗女工又上了岗，你新官上任三把火，不错不错。”马处长狡黠地说。

“马处长过奖了。”李丛林说。

李丛林知道老马言语里的讥讽，但还是把他迎进了厂长办公室。王春春给马处长沏了一杯龙井茶后，离开厂长室去车间通知工会搞活动的事。

“李厂长你真会做生意，把厂部办公室租出去，又把会议室改造成如今最最时髦的办公室，这主意不错。”马处长说。

“我们有困难只好这样克服着。”李厂长说。

马处长端起茶杯惬意地喝了两口茶，他似乎在思索着什么，李丛林默默地坐着，心里希望马处长快点离开凯丽厂。

“你们的宣传搞得不错，只是万里厂如今比你们的宣传做得更大更多。”马处长说。

“是啊，他们现在是中外合资企业，做什么都比我们省力得多。”

“问题不在这里。我想向你进几句忠言，交换一下个人意见。怎么说我总在凯丽厂工作过，我们都有一个共同目标——把凯丽厂搞好。”

“好啊，请马处长多指教。”

“你有敢闯精神做出了一定成绩，这都是很好的。可是你年轻易冲动，遇事不会三思而行估量后果。你想想你研制新产品，添置新设备，花这么多钱，你能保证新产品畅销吗？倘若不能把产品卖不出去，库存积压太多，资金流转不灵，全厂职工怎么活？你不能拿全厂职工的身家性命，来做你建功立业的试验田。你这样急于求成是不行的，我劝你要冷静、再冷静。”

“我是为厂的前途着想才这样做的，改革需要冒风险，四平八稳怎么干？”

“你们年轻人就是毛毛躁躁，你一会儿要投股集资，一会儿要办模特表演队，一会儿要办劳动服务公司，你到底想干什么？”

“集资是为了研制新产品，模特表演队是为了宣传凯丽厂产品，劳动服务公司是为了解决社会上更多的下岗工人再就业。”

“你总不能一口气吃个大西瓜，凡事要一步一个脚印走。你这边的新产品还不知道市场情况，那边却要办劳动服务公司。你会不会把凯丽厂弄得一团糟，我真替你捏把汗。”

“有时候办事的效率必须齐头并进。”

“你这叫做这山望着那山高，其实做什么事都不能离开理论。你没读过《资本论》吧？我讲个故事给你听，我的爱情故事就是从学习《资本论》这本书开始的。那时候我与恋人的话题，从来没有离开过资本、商品、流通、货币、剩余价值，以及生产、买卖、剥削之类的名词。我们洞房花烛夜时，我新婚妻子还戏语出《政治经济学教程》的三大块：生产、流通、分配。”

李丛林坐立不安了，心里想真是神经病。这个马列主义老头，与他一万年说不清。

“正如爱情需要结合的美妙来论证一样，想证明现存社会关系之永存，与和谐的现代经济学家们的全部智慧所在，必须首先搞懂资本的属性，以及它们各自的职责在社会不同时期互相依赖和共存的矛盾现象和本质。”马处长来回走了几步，坐下来又说。

“马处长的《资本论》学得深入、透彻，但理论最终要付诸实践。我们高举邓小平理论旗帜就要办实事，对待下岗工人问题上，与资本主义制度的失业工人，有着本质上的区别。所以我们办劳动服务公司安置下岗、待业、剩余劳力人员势在必行。”李丛林说。

“这么说，你一定要办劳动服务公司喽？”马处长面露不快地说。

“那当然。”

马处长愣住了。他不想李丛林办劳动服务公司，是因为他不想李丛林太露锋芒。马处长半晌才回过神来，为了掩饰尴尬，他哈哈大笑起来。笑停了，他恢复自然后话锋一转，故作诚恳地说：“到底年轻人脑子活络有朝气，我都老了。与你交换一下个人意见，对我是一个很好的触动。”

“马处长别客气，你的话让我深思。我们是国企，如今国家不供血，我深感肩上担子的沉重，绝不会把全厂职工的身家性命当儿戏。我的命运与全厂职工绑在一起，我们休戚相关、血脉相连。”

“这就很好嘛！关键在责任感，你有责任感我就放心了。世纪末虽然是一个注重物质文明的时代，但政治思想工作也不能忽视。必须物质文明与精神文明一起抓。”

“是，是，我们厂团总支每月召开团员青年读书活动。

还半年评一次‘三八’红旗手、优秀青年标兵和厂级劳动模范。”

“说起劳动模范，那个劳改释放犯也评上了是不是？群众意见很大，你们要注意群众影响。”

“我们不能太在乎别人说三道四，该怎么做就怎么做，不能用老眼光看新问题。”

“这样会影响凯丽厂声誉，你提拔的那个贾小燕，群众反映她作风有问题，据说她常常与有妇之夫私通。”

“这都是一些流言蜚语，不能随便信。”

“可有人告她告到局里来了。”

“谁？”

“王春春呀！”

李丛林大吃一惊愣住了。

李丛林送走马处长后，怒气冲冲地到三车间，把正在车间里布置活动的王春春叫进厂长室。他门一关急躁地说：“你在马处长这里都说了些什么？”

“没说什么呀！”王春春惊讶地说。

“还没说什么？”李丛林目光咄咄逼人说，“你向马处长反映贾小燕有作风问题？”

“原来是这件事。”王春春说，“是我反映的怎么样？”

“你怎么可以胡说？”李丛林说，“说话要有证据。”

“我证据确凿。”

一会儿，王春春把贾小燕将范柳刚抢去的业务要回来的经过情况详细讲述了一遍。李丛林十分震惊，原来贾小燕是用肉体去交换而成的，这让他伤感。许多天后，李丛林见到贾小燕有一种别样的感觉。他觉得日后有重要任务，还是派梅森比较合适。这些天梅森去了东北，首先到了黑龙江佳木斯市，又到了牡丹江市和齐齐哈尔市。接下来他要去吉林延吉市、图们市等一些中小城市推销产品，争取占领那里的化妆品市场。

李丛林非常关注梅森在东北的行踪，几乎每天与他联络。现在梅森已与佳木斯化妆品批发部签订了营销合同，货到付款。第一批懿贵人牛奶嫩白露五百箱、懿贵人美容祛斑霜五百箱、懿贵人东方香水五百箱，都必须在下个月初托运出去。这是一个好消息，但时间太紧，在不到半个月的时间里，要完成一千五百箱的生产任务，对新车间来说是一个严峻的考验。于是李丛林决定召开新车间全体职工会议，把具体任务落实到每一个工人身上。

下班铃响过后，李丛林依然坐在办公桌前。他一边整理一些红头文件，一边想王春春向马处长打小报告，用方言来说就是戳壁脚。这种事情完全没有必要说到局里去，何况马处长巴不得凯丽厂出一些乱子换厂长呢！

李丛林对王春春的这种做法很不满，让他想到中国几千年来存在着窝里斗的弊端。窝里斗也就是从戳壁脚开始的，戳壁脚首先意味着动机阴暗，不是出于妒忌心，就是缘于红眼病。这会儿，李丛林感到肚子不舒服，有一种想解大便的感觉。他去了洗手间，可怎么使劲也解不出来。他难过极了，站起蹲下，又站起又蹲下，满头大汗又满脸通红，总算拉出来了些。他用手纸擦屁股时看见了血丝，但他没在意。肛裂的毛病由来已久。

回到办公室，李丛林感到有点体力不支。自从入夏以来，他的便秘时常发生。也许是天气炎热，内火也热的缘故吧！

办公室的空调还没有关掉，李丛林躺在沙发上想休息一会儿。西边窗外是民宅，那是难得没有拆迁的老房子。有时李丛林一早到办公室，打开窗子换气时，总能看见墙头瓦上，破脸盆里种着龙爪葱或仙人掌。据说龙爪葱是镇住大风的，有龙在台风就不敢肆虐了。仙人掌则是用来避火的，有了一掌仙气，邻家失火也不会殃及。老底子的民宅都没有卫生设备。李丛林只要在黄昏时分，就能听到刷马桶的声音。这是二十世纪末少有的声音，它已成了民俗传统中的声音了。

三十

夏天是避暑度假的季节。胡梦娴每年都有一个星期的公假。因范柳刚热情邀请，她便与他浪漫地来到海滨小岛度假。那里刚刮过台风，台风过后，海湾的空气干净舒畅。非常蓝非常清爽的天边，飘浮着被夕阳镶了金边的白云。天蓝蓝海蓝蓝，胡梦娴仿佛来到了一个梦中的仙境。

站在一道长长的黄色锈斑的甲板扶栏边，范柳刚从身后环抱住胡梦娴。他望着渐渐靠近的小岛，一种胜券在握的喜悦溢于言表。

胡梦娴穿着白裙，她在裙里的双腿触碰到范柳刚紧贴住她身躯的热气时，变得柔软轻盈，散发出淡淡的体香。范柳刚熟知这种体香，那是女人燃烧爱情才可能有的气味。于是他得寸进尺，用他那已坚硬的私部去触碰胡梦娴。胡梦娴本能地往外一跳，惊讶地望着范柳刚说不出话来。

范柳刚眼里荡漾着柔情。

渡船靠上长满野草的码头时，胡梦娴的思绪像一对鸟儿的翅膀，还在想些乱七八糟的事情。这次与范柳刚单独出来，难道是确定一种情人关系？情人，这个既熟悉又陌生的字眼，胡梦娴曾经想过，但没想到来得那么突然、那么富有激情。难道自己是一个真正的感性女人？一个梦魂颠倒的女人？一个为爱情而生的女人？

范柳刚搂紧胡梦娴，这次胡梦娴温和柔顺，有了思想上的准备。范柳刚望着灰紫色薄雾轻掩着的小岛，便沉浸在同居者桃色的想象中。女人，又一个女人被他征服。

性，使他骄傲。

其实，范柳刚是第三次来这个小岛。这里有他朋友的一栋旧别墅，朋友常年住在香港，而他经常带女人来这里。现在范柳刚带胡梦娴去旧别墅，去那个他认为是世外桃源的地方。虽然旧别墅四十多年没维修，但地板、木门以及百叶窗都还结实。范柳刚吓唬胡梦娴说：“那里面有鬼，你怕不怕？”

“恐怕是活鬼吧？”胡梦娴说。

范柳刚满脸春色“哈哈”笑起来。

胡梦娴看到范柳刚的脸上闪烁着暧昧浑浊的快乐，那快乐让她感到不舒服。她埋下眼睛，心里一会儿是惘然，一会儿是反感，一会儿是犹豫。于是她抬起头瞥了一眼码头，恍惚中，仿佛自己冲着沙滩飞奔而去。那情景宛如黝暗的海岛，摇曳在暮色中。

“想什么？”范柳刚问。

“没想什么。”

范柳刚扶胡梦娴上岸，船在他们身后拉响了汽笛。很长的一声汽笛声，使胡梦娴恢复了情绪。她想起十多年前住在钱塘江畔时，每到深夜都能听到这旷远而嘹亮的汽笛声。这很容易让她想到爱情。爱情是盲目的、糊涂的、宽容的、妒忌的。

走下出租车，他们远远看见大海边一栋白色别墅，掩隐在盛开大红花朵的植物里。这是一个多么美丽的景色。胡梦娴为自己将在这里留下一段罗曼史而兴奋不已。

别墅确实已陈旧，它孤零零伏在海边，曾经拥有过多少爱情故事？胡梦娴不知道，也不想知道。只是有过爱情故事的别墅，在暮色来临时会散发出一种神秘而忧伤的气息。胡梦娴眼里忽然贮藏着泪水，不知道是喜是悲。她已经三十岁了，虽然婚后谈不上幸福，但生活对她来说常常是悲喜搅拌在一起的东西。

这会儿，他们在一条通往别墅的小道上走着。夏天的黄昏是漫长的，太阳落山之后，天空仍旧是一派明亮而柔和的灰蓝。只是岛上的黄昏没有行人，路边的花开得热烈而寂寞。

“你爱我的身体还是爱我的灵魂？”胡梦娴忽然说。

“爱情是肉体与灵魂的结合。”范柳刚说。

“男人的爱有时候不那么真实。”

“男人的爱比女人深刻。”

范柳刚为表示对胡梦娴的爱，停下来用力吻胡梦娴的嘴。胡梦娴的嘴慢慢地有了反应，伸出了小巧的舌头，这时胡梦娴的身体柔软如初。天色暗淡了下来，夜鸟扑扇着翅膀，日光的稠暖空气骤然消失。气候开始变冷了，大海开始响亮地排出涛声，涨晚潮。

“你真的从心里爱我吗？”胡梦娴说。

“那还有假？”

“我感觉到了你爱我。”

胡梦娴在微弱的天光中凝视范柳刚，她的想象宛若一对飞旋的翅膀。这个世界上他们将成为血脉相连、最最亲密的两个人。他们的肉体与灵魂将裸然相对。胡梦娴轻轻地哼着一首歌，那是三毛作词的一首流浪的歌。她曾经着迷于三毛的书，三毛的故事浪漫传奇。但她并不是因为浪漫传奇的故事喜欢三毛，而是相通的精神脉络。当年别人不明白三毛为什么自杀时，胡梦娴就明白三毛的自杀是必然的、迫不得已的。否则她没法活，或者生不如死。

旧别墅到了。胡梦娴站在门前，看周围满树的花朵和绿叶在微风里轻摇。这些树和花都有四十多年了，它们曾经被小心修剪，后来主人遗弃了它们，它们就成了疯狂生长的野草，倔强地挺立着。

小岛的夜晚，有一种淡淡的忧伤。

一个星期的岛上同居生活很快过去了。胡梦娴离开小岛的那天，一个人到沙滩上看海。海从四面八方包围着她，细浪粼粼。她不知道这些海水从哪里来，也不知道会向哪里去。她只知道它们在灿烂的阳光下，永无尽头地、默默地流淌着，像人类一代又一代地在生活中流着。胡梦娴自知掉进了一个网，那是一个很深很深的情网。

生活是美丽的。

生活也是不美满的。

三十一

胡梦娴回到家里，心里依然满满地装着范柳刚。她已无法再与丈夫做爱，她也不愿再与丈夫做爱，可丈夫认为这是她应尽的义务。

“我要你马上把裤子脱掉。”丈夫说。

“下流。”胡梦娴气愤地说。

“你与范柳刚才是真正的下流。”

胡梦娴大吃一惊，但她马上镇定了下来。

“你胡说。”

“你还不老实？”

胡梦娴与丈夫的争论越来越凶，他们终于大吵了一场。丈夫啪一巴掌打在胡梦娴脸上说：“报社都在传你与那个姓范的在小岛上同居，你这个贱女人还不肯承认？”

胡梦娴双手捂住被打得热辣辣的双颊，没有哭也没有叫，只觉得眼前一片漆黑，看不见任何东西，只有许多细小的金星，飞速地在眼前划过。五年婚姻生活，被这一巴掌打得粉碎。

“我们离婚吧。”胡梦娴平静地说。

“那你现在就给我滚。”

胡梦娴真的从家里滚出来了。

离婚后，胡梦娴住在报社一间单身宿舍里。儿子给前夫要走了，住在奶奶家。她觉得离异是迟早的事，没什么遗憾的，只有儿子才让她放心不下。现在她用不着偷偷摸摸地与范柳刚来往，完全可以光明正大地与范柳刚谈情说爱了。然而范柳刚却不愿意公开他们的恋爱关系。他们的恋爱因她的离婚反倒进展很慢。

这些天，范柳刚与胡梦娴的幽会总是来去匆匆。范柳刚罗列了一大堆事情，叙述给胡梦娴听。胡梦娴每次总是体贴地让他去忙，不过今天她忽然对范柳刚说：“我们走到这一步不容易，你要好好珍惜。”

“珍惜，当然珍惜。”范柳刚说。

范柳刚离开时，胡梦娴望着范柳刚的背影，无数思绪像沐浴时的热浪，使她感到晕晕乎乎。

胡梦娴对范柳刚是认真的。

胡梦娴认为人的一生浪漫坎坷，总比静无波浪好。浪漫坎坷的人生，就像丛林阻隔看不到生命的终点。而静无波浪，转眼就看到了终点。胡梦娴没想到自己会勇敢地走到这一步，跨出了在都市噪声中紧缩的灵魂与思想。这会儿，胡梦娴让一颗疲惫的心安静下来。她望着窗外阳光下血红的单瓣花朵，宛如一些飞翔的精灵在大片大片绿色中浮沉。那花朵充满着野性的娇艳与怪异，令她心里暗暗感动和诧异。

她是一个活在梦中的女人。

她觉得她头顶那扇神秘的天窗，已怦然打开。气流缓缓逸出浮在窗前的玫瑰树上，散发出无数个精灵。每一个精灵都是她的过去、现在和未来。那个穿着美丽长裙神思恍惚的女人就是她。她从哪里来又到哪里去？她听到她发出的笑声比哭声还凄厉，她其实从小就是个神思恍惚得六神出窍的怪人。

范柳刚离开胡梦娴时，像摆脱了捆绑在他身上的绳子。当他回到万里厂得知凯丽厂新车间正在加班加点赶新产品任务时，心里很不舒服。那种不舒服，不仅仅是同行嫉妒，更是范柳刚压根儿就不想李丛林有成就感。

范柳刚绞尽脑汁使坏，终于想出了不让凯丽厂产品打进全国化妆品市场的办法。他想如果托运不出去，那么凯丽厂不但打不进全国市场，还有可能债台高筑。目前托运货物的火车站，只有一个南星桥火车站。假如与批计划的工作人员搞好关系，让他们不批给凯丽厂托运计划，或者拖延时间，那么凯丽厂的库存商品就会积压，对方单位见迟迟收不到货，就会进别家商品。范柳刚想到这里哈哈笑起来，仿佛打了一个漂亮的胜仗，浑身感到舒畅轻松。

第二天一早，范柳刚来到南星桥火车站货运部。他打听谁在批计划，男的还是女的？性别似乎对他至关重要。如果女的，事情就好办些。异性相吸，在工作上也是一样的。

原来批计划的是一男一女，范柳刚不喜也不悲。他觉得首先要接近他们，与他们搭腔聊天，然后送礼交朋友，这些工作必须在一周内完成。

此时，范柳刚在货运部大柜台前徘徊。那里拥满了四面八方来托运的人，那些人大多都是单位的老托运员。他们与批计划的这一男一女都很熟悉，其中一名中年妇女与那个批计划的女经办人还谈起了上医院看病的事。她们说那个著名老中医范医师开的药方一吃就灵，就是每次去挂他的号要排长队，没有半天时间根本不行。

范医师？她们不就在谈论我父亲吗？范柳刚觉得机会来了，他赶紧迎上去说："你们要范医师看病，我可以帮助你们。"这时两个女人的目光一齐投向范柳刚。她们似信非信，女托运经办人说："你是哪个单位的，怎么从没见你来托运过？"

"万里化妆品厂的。"范柳刚一边说，一边从口袋里掏证件。其实他没有万里厂的工作证，他唯一的证件是一本美国护照，这也是他跑到哪里都比较吃香的身份。

“这是美国护照。”女托运经办人惊讶地说，“原来你就是与万里厂合资的外商？”范柳刚点点头马上说：“我是范医师的儿子，你们要看病找我，约个时间去我父亲家看吧！”

范柳刚与女托运经办人很快热络起来。范柳刚与她谈了万里厂与凯丽厂竞争的情况，女托运经办人马上领会了范柳刚的意思。女托运经办人说：“没问题，这事包在我身上。”

凯丽厂新车间突击半个月后，终于完成了佳木斯任务。那些年轻漂亮的女工能够喘一口气，轻松一下了。她们见到李丛林说：“李厂长，模特表演队什么时候成立？”

李丛林把这件事早已交给团总支，他让她们到团总支去问问。然后笑着对她们说：“你们到时候都是表演者，可不要讨价还价喽。”

“不会不会的，我们完全尽义务，只图一个表演机会。”漂亮女工们像麻雀一样，叽叽喳喳地说着。

团总支书记是一个三十出头的男人，曾经在歌舞团当过舞蹈演员。由于他又瘦又高，年轻女工们都叫他棒儿。棒儿这些天正在组织、挑选人才，筹备音响、服装、演出等诸多事项。他有信心把模特表演队办成功，为凯丽厂产品推销起到推波助澜的作用。

事实上销往佳木斯的新产品，经过最后一道工序——包装车间包装成品后，接下来的任务就是宣传和托运了。托运的任务，落实到销售科专搞营运的赵阿水身上。赵阿水已有十多年的运输经历，对托运颇有经验。他在南星桥火车站，从货运到装卸的工作人员基本熟悉。然而托运的艰难，使他常常苦不堪言。车皮那么紧张，除了给有权人当孙子外，别无办法。

那天一早，赵阿水又去火车站了。他不明白早早送上去的托运计划，为何迟迟批不下来？他来到柜台前，点头哈腰地问女托运经办人："我们的计划怎么还没批下来？"

"没有车皮。"

"帮帮忙快一点好吗？对方很急。"

"没有车皮，我能有什么办法。"

赵阿水觉得女托运经办人一反常态似乎再也说不进话，送给她的东西等于白送。赵阿水鼻尖急出了汗，一时竟不知该怎么办，必须向李丛林反映情况。李丛林接到电话大吃一惊，没想到在最后一道关口会出问题，但他马上想到可以快件托运。

"快件价格怎么样？"李丛林问。

"比慢件起码贵十倍。"赵阿水说。

"你先回厂来再另想办法吧！"

新产品托运不出去，一下子传遍了凯丽厂。那些曾经来厂长室闹事的人，趁机说起了风凉话。工人们议论纷纷，有的干脆跑到局领导那里要求换厂长。凯丽厂忽然给人摇摇欲坠的感觉，李丛林更像热锅上的蚂蚁坐立不安，但他想无论如何一定要托运出去。

李丛林亲自托关系找门路，终于功夫不负有心人。李丛林通过关系找到某某领导，凭着某某领导的一张条子，找到那一对男女托运经办人。

“师傅帮个忙。”李丛林一边说一边递上条子。

“一只集装箱。”女托运经办人惊讶地说。

“领导的条子我们就给他办吧！”男托运经办人对女托运经办人说。

“明天你们进仓吧！”女托运经办人想了想说。

李丛林听到这个消息，悬在心上的一块石头落了地。回到厂里也许是劳累过度，他深感体虚力乏。他的那些头晕、便秘的症状，都被他归结于天热的缘故。他想夏天过去就是秋天，秋天一切就会好起来的，他等待秋天的到来。

范柳刚躺在胡梦娴的卧床上，得知凯丽厂新产品运走后惊呆了。他坚挺的私部马上瘫软了下来，不由自主地骂道：“混蛋。”

“怎么了？”胡梦娴问。

“我不行，我骂自己是混蛋。”范柳刚说。

胡梦娴想安慰他，但找不到适当的词语便沉默着。两个人默默地睡了一会儿，范柳刚忽然跳下床说：“我还有事先走了。”

“不要。”胡梦娴说。

其实，胡梦娴再爱一次的代价，就是失去了自我，把范柳刚当成生活的全部。这样的生活，使她陷于情感旋涡中不能自拔。

三十二

蒙蒙有一段日子没有见到范柳刚了，不见面的日子，她沉浸在自己的木雕艺术创作里。当然时间久了，她必须出来呼吸一下新鲜空气。这样她的创作才会充满激情、朝气和活力。她准备抽一个休息天，与范柳刚一起轻松一下。与他一起，她总是从现实的艰难生活中，一下进入到梦幻的浪漫世界。

已到了秋高气爽的时节，开了一个夏季的窗子，让家里的地毯和挂毯积满了灰尘。本来她想让李丛林和她一起清洗这些笨重的东西，可李丛林为凯丽厂的光明前景忙得团团转，她只好一个人干。她像那些单亲家庭的女主人一样，是家里的女人和男人。于是蒙蒙慢慢移动家具，把地毯一点一点卷起来。卷地毯是个大工程，一天下来筋疲力尽。然而想休息一下都不能，那些收席子拿被子的事情，在夜晚来临之前必须干完。因为被子放在壁柜的被箱中，为拿一床被子，就像要搬出整个壁柜一样，她感到头晕目眩，心里的烦躁油然而生。这种焦虑、无奈又忙碌的生活，让她感到现实生活的残酷。

也不知怎么回事，近来她只要见到李丛林就会絮絮叨叨。那是女人对生活厌烦而且心怀不满，把积蓄已久的不愉快宣泄出来的一种表现。这时候女人的嘴唇，变得黯淡而干瘪。她们逼着自己的亲人，听自己诉说心里对生活的怨怼。蒙蒙在少女时代，就看到邻居女人的这种症状。她们神情疲惫而烦躁，不停地借一些生活琐事抱怨，或者大失风范地发脾气。她们发脾气时，有时想得到丈夫的关爱，有时却努力摆脱那种恶劣的心境和环境。

蒙蒙对李丛林絮絮叨叨的时候，感到与那些女人的症状没有什么两样。这难道是女人的通病？其实蒙蒙并不想对李丛林这样，也不想与他的距离拉得太远，可无形中他们却越来越不能和谐相处。比如，他们在一起都竭力想爱抚对方，尽量使对方轻松愉悦，但他们总是说很累，提不起劲。于是他们无论从心灵还是生理都没有了激情。他们的皮肤在怀抱中没有变热、变湿润就彼此挣脱出来了。当然累是一个原因，互相对肉体和亲热没有吸引力了是另一个原因。于是同床异梦，他们就想着各自的心事。

第二天一早，当蒙蒙睁开眼睛时，李丛林已经走了。

李丛林天蒙蒙亮就上班去，是为了去机场接客户。其实，当一个国有企业的厂长夫人，远不如一个私营老板的夫人。私营老板的夫人，也就是老板娘。老板娘掌握着经济实权，而蒙蒙这个国有企业的厂长夫人，只有多做家务的份，想起来不免有点沮丧。

蒙蒙起床梳洗后，给磊磊拿牛奶买早点，发现磊磊在晨曦中仍然睡得十分香甜。他也许在做梦，小嘴嚅动着。这是蒙蒙与李丛林的儿子啊，是他们当年山高海深般的爱情结晶。然而如今李丛林把爱的重心移到了凯丽厂，仿佛凯丽厂是他的另一个妻子和儿子。

此刻，蒙蒙心中涌起一股温柔与悲悯。不知是悲悯李丛林，还是悲悯自己和儿子。她把脸贴在儿子的脸上，轻轻地唤儿子起床。儿子近来的脾气很坏，任性，倔强，莫名其妙发脾气、尖叫。教育孩子真是一件不容易的事，许多时候让蒙蒙束手无策。

磊磊背着书包上学去后，蒙蒙就关好门窗上班去。路上晨风迎面袭来，轻拂着她被生活折磨得单薄了的身体。从前要想瘦都不能，现在却怎么也胖不起来。看来人的精神因素是决定一切的。哥哥余亮的失踪案还没有破，她的心就一直悬着。这大半年来菲菲也让她操心不少，女孩子敏感多疑。在童年经历里，即使有她不能理解的东西，也不会被岁月轻易抹去。日后的经历，都会唤醒她童年的经历。因此人就是在自己的人生道路上，将许多个自己重叠在一起的。

现在蒙蒙每次自行车骑到鼓楼十字路口，都会想到与公安处长杨巴来这里侦查带毒汁的女人的情景。这些天，她天天都在等杨巴的电话，不知道他们进一步侦查的情况怎样。她很想知道，但也不想知道。那种令人毛骨悚然的凶杀案，让她害怕。

蒙蒙坐到工作台前，发现郑瑛没来上班，师傅也没来上班。他们都去了哪里？她拿出工具雕刻《美人鱼》，这是一件要参加全国工艺美术品大奖赛的作品，能否得奖她心中没数。这半年来，很多事都让她磕磕绊绊地进展着。她已经历了无数次挫折、失望、绝望，又从绝望中逢生。她终于明确了自己的崇高理想与奋斗目标。这是她从事木雕工作十多年来，思想上的一个飞跃。她为自己有这样的飞跃惊讶、震撼。

做一个优秀雕塑家，首先要有强烈的社会责任感，并追求艺术的个性和多样性。或写实，或变形，或抽象，或意象，做到既让人易懂，又有较强的艺术魅力。于是蒙蒙想等《美人鱼》完成后，再设计创作一件《海边印象》。

电话铃响了。坐在电话机旁的那个老头，迟迟不去接。蒙蒙放下工具，三脚两步跑过去拎起话筒，原来是米少山师傅。他说他在局里开会，并婉转地告诉她参赛的《美人鱼》被某某领导换掉了，他据理力争也无济于事。蒙蒙十分惊讶，眼泪都掉出来了。这种受人排斥的事情，她已经历过许多次，但这一次令她格外伤感。为什么长久以来，一个年轻女雕塑工作者想被有关部门认同那么艰难。为什么女性的才华和价值，总要一再被贬损。蒙蒙想起了女雕塑家卡米耶·克洛岱尔。她的故事悲怆而美丽，她的故事给蒙蒙启发，使她忽然顿悟。

其实参不参赛并不重要，重要的是她要把《美人鱼》雕刻成一件杰作。电话铃又响了，她以为又是米少山师傅打来的，可出乎意料的是范柳刚。范柳刚的声音，充满激情地从匍匐而行的电话线里传来。他说："你知道今天是什么日子吗？"

"不知道。"蒙蒙说。

"今天是你的生日。"

蒙蒙为范柳刚记得她的生日而感动，世纪末这个物欲的世界，大家都在忙，谁还会记得她的生日。李丛林从没有记住过她的生日。她是家里唯一不过生日的人。

"谢谢你记得我的生日。"蒙蒙说。

"我请你吃午饭，为你生日祝福。"范柳刚说。

"谢谢。"蒙蒙冲着话筒忽然娇嗲地说。

这种娇嗲的声音，在李丛林面前她从来没有表现过。当年蒙蒙喜欢李丛林慷慨豁达、不拘小节，嫌范柳刚细心周到、娘娘腔。然而如今她多么需要那份体贴与关切。

蒙蒙决定调休半天。

中午范柳刚站在饭店大门口，像等候一位远道而来的贵宾那样等候蒙蒙。他已在餐厅要了一个典雅单间，餐桌中央放着一个精致蛋糕，上面插着红红绿绿三十六支蜡烛。蒙蒙看到这场景，不知不觉消除了内心的不愉快。人生能有几个三十六呢！三十六支点燃的蜡烛，闪烁着蒙蒙三十六年的生命之火，蒙蒙默默地注视着，感慨万千。

“你在想什么？”范柳刚问。

“没什么。”

蒙蒙一口气吹灭了蜡烛。他们就边吃边聊，说起从前在罐头肉类加工厂做临时工时，真是弹指一挥间。如今那厂都已成了大名鼎鼎的娃哈哈集团公司，娃哈哈果奶家喻户晓。

范柳刚点了几个杭州名菜和一瓶香槟酒，他们在频频干杯声中，吃完了这餐生日午宴。两个人都有点微醺，那是喝酒喝到了最佳境界。后来他们回到918房间休息，918房间是范柳刚长期包住的客房。

“这是我送给你的生日礼物。”范柳刚递过来一个紫色锦盒说。

“哇，蓝宝石钻戒。”

蒙蒙眼睛一亮，范柳刚真是能想她所想。可他怎么知道她喜欢蓝宝石呢？范柳刚拿起钻戒，轻轻地戴进她的无名指。她很高兴也很害怕，毕竟这是情人的礼物 。许多柔情从她心田里汩汩流出来燃烧成火，那是她寂寞生命中璀璨的浪漫。她喜欢被范柳刚的巨大激情震荡，让他们瞬间登上高山，转而又沉入海底像死过去一样。范柳刚在她脑海里盘旋着，却不知道该怎样和他发展下去。

“我要回去了。”蒙蒙说。

“我送你。”范柳刚说。

范柳刚新买的白色凌志车，就停在饭店大门口。蒙蒙上车后，范柳刚说带她去兜一圈风。蒙蒙看看表，觉得时间尚早就说：“好吧！”

驾着高级轿车兜风的场景，蒙蒙从前总是在电影里面看见。这会儿，她仿佛正在某部电影里扮演女主角，幸福和爱欲让她神采飞扬。一个多小时的兜风，把整个西湖逛了一遍。范柳刚送她回家时，她偷偷地把戒指藏到了包包的小口袋里。下车时，才四点一刻，这本是一个非常安全的时间。磊磊还没有放学，李丛林还没有下班，即使下班他也常常不回家吃晚饭。所以蒙蒙下车后，还朝范柳刚挥手告别，并一直目送着他的白色凌志远去才转身上楼。

然而二楼拐角处，站着一个满脸仇恨、满腔怒火的男人。他双目紧紧地盯着她，一言不发。他们在楼道中对峙了几秒钟，他强压怒火，叹一口气冲上楼去。李丛林的出现，让蒙蒙大吃一惊。她的心脏一阵紧缩，惶惶不安。她想解释或者说谎，但她知道越说就会越糟糕，还不如沉默不语。

这时李丛林的想法与蒙蒙有了默契。他之所以不大吵大嚷，也是这个意思。不过他心中的醋意，就像一块坚硬的石头戳得他心痛。于是他独自出去散步，把难得早回家的时光浪费在行人道上；也把为蒙蒙庆祝生日，到酒店吃饭的事化为泡影。李丛林在外边散步了很久，回到家时磊磊已经睡着了。

蒙蒙心里歉疚，知道男人最容不得自己的女人有外遇。尽管李丛林并不一定认为蒙蒙会那样做，但他不希望蒙蒙与范柳刚在一起，哪怕只是说话、聊天他都不愿意。

蒙蒙心里很难过，那种走火入魔的爱情就像走在悬崖上一样，一不小心就会把自己摔得粉身碎骨。于是爱情、道德、良心、责任再一次折磨着她，失眠的日子重又回到她身上。她整夜胡思乱想，想到伤心处鼻子一酸就流下眼泪来。泪水湿了被子、枕巾，可她不知道这泪为谁而流。

李丛林见蒙蒙流泪就难过，他最不忍女人流泪。他认为女人是人类繁衍下去的主要生灵，理应得到保护和尊重。所以他在半梦半醒中过来搂紧蒙蒙，把沉重的男人下巴放在蒙蒙肩上，但他不知道她内心的风暴是多么激烈。

面对丈夫温柔的爱抚，一种醒悟反倒让蒙蒙摆脱不了难受。她觉得自己犯了不可饶恕的错误，她对夫妻那种天长地久、纯洁美好关系的破坏，该遭天打五雷轰。

不知什么时候，蒙蒙在李丛林温柔的怀抱里睡着了。李丛林抽身离开她时，感到腹部隐隐作痛，一种想解大便的欲望使他快步走到卫生间。然而又是便秘，他用尽力气也没有拉出一点屎，难过极了。一会儿蹲在厕所里，一会儿提着裤子在客厅里来回走。后来他泡了一杯蜂蜜，又吃了两根香蕉。这都是通便食物，平时也没有少吃，可怎么还会便秘呢？这会儿，他肚子疼痛得越来越厉害了。

“哎哟，哎哟。”李丛林忍不住叫着。

蒙蒙被这声音叫醒，一骨碌爬起来，发现丈夫捧着肚子、弓着背、一副可怜兮兮的样子让她吃惊。

“怎么啦？”蒙蒙问。

“便秘。”

“我送你去医院。”

“不用。”

“那我给你塞开塞露。”

蒙蒙在一个药罐里找出开塞露，那是上次蒙蒙便秘时用剩的。半个小时后，李丛林觉得好了些，虽然没有拉彻底，但总算不疼痛难熬了。他们重新躺下已是凌晨，窗外哗哗下着大雨。李丛林再一次把蒙蒙揽入怀中时，他的思绪已飞到了凯丽厂。凯丽厂总有一大堆事情让他操心，不过今天梅森凯旋，是这些天最令他愉快的一件事。男人，尤其是事业男人，还有什么比事业顺利成功更令人愉快的呢？

三十三

国庆即将来临了，那是中华人民共和国成立四十九周年的喜庆日子。厂部、工会、团总支决定联合召开庆国庆职工家属联欢会。其间还有厂模特队的表演，以及给厂劳模颁奖活动。李丛林邀请蒙蒙，九月三十日晚带磊磊一起参加。他说还有摸奖呢，没准儿你就摸台大彩电回来。其实摸奖倒是次要，李丛林的目的是要蒙蒙去亮亮相。去就去吧，看看李丛林改革后的凯丽厂究竟是什么样子。

那天晚上，蒙蒙给磊磊换上一套深蓝色运动装。磊磊的运动装上胸前有一个足球，别具风格。磊磊是个足球迷，他还以为联欢会的奖品中有足球呢！打扮完磊磊，接下来打扮自己。打扮自己就比较麻烦，太时髦不行，太朴素不好。那么既要端庄大方，像个厂长夫人的身份，又要靓丽得体，该如何配套才能产生这样的效果呢？

蒙蒙打开大衣橱门，里面琳琅满目的衣服都是半新不旧的。蒙蒙一件件在镜前试穿着，最后终于选定黑长裙，配紫罗兰衬衣。她认为这样既古典又现代，既端庄又高贵，能充分体现她的气质和美。她开始忙着梳头和化妆，把长发在后脑勺高高盘起。这种发型看上去古典优雅，正好适合她的脸型。

一切收拾停当，蒙蒙正要骑自行车带着磊磊出发时，李丛林打电话来说："我已派车来接你们了，你们楼下等吧！"

那是一辆铃木面包车，已经很旧了。车内不那么整洁，可能有时用来装货。蒙蒙和磊磊上车后，驾驶员说还要去接朱副厂长夫人。于是汽车很快拐进一条小巷，在一栋老式楼房前停下，朱副厂长夫人上来时，蒙蒙欠欠身子让座并与她寒暄了几句。

凯丽厂的厂门，四周点亮了五彩霓虹灯，两旁插着红旗；空中有几只大小不一的气球随风飘荡。蒙蒙坐在汽车上，远远望去就感受到凯丽厂热闹的气氛。

"爸爸——"磊磊忽然伸出头去大声喊。这时蒙蒙看到李丛林、朱副厂长、董书记以及工会主席王春春，他们像中央领导接见外宾那样，站在厂大门口与前来参加联欢会的家属握手致意。李丛林今天穿着暗红格子衬衣，系着领带，看上去很精神，也很潇洒，完全没有了平时的疲惫、忧伤和苍老的感觉。原来男人事业辉煌才会精神十足、容光焕发，爱情不过是男人的一碟小菜。男人在事业上没着没落的时候，才会以爱情的名义躲进女人的石榴裙下寻求女人的保护。因此男人很少有女人那种舍命相爱的境界，他们在某种程度上显得脆弱与卑微。

蒙蒙下车后，王春春亲热地迎上来与蒙蒙握手，并指着磊磊对蒙蒙说："都长这么大了。"

联欢会在食堂召开。食堂的地面是大理石，撒些滑石粉就是很好的舞池。王春春与她的部下布置了一天，把食堂布置得张灯结彩，还将一张张旧饭桌铺上雪白簇新的台布；每张台布上放着一束鲜花和各式糖果、糕点、饮料。王春春领着蒙蒙，在一张靠近主席台的桌子前坐下。一个不到三十岁的漂亮女子走过来说："你就是厂长夫人吧？"

蒙蒙点点头。

梅森扛着录像机进来了。他冲蒙蒙说："她是我们凯丽厂的明星模特儿戴丽丽。"戴丽丽是今晚的节目主持人，她步子婀娜，颇有正宗模特味道。蒙蒙坐在桌前，女工们不断从她面前经过，然后窃窃私语。蒙蒙知道她们是在议论她，但她们的目光是友好的、和善的。

联欢会开始时，李丛林首先发表了讲话。他说："厂长就是家长，要管好一家人的吃饭、穿衣问题虽然不容易，但这是厂长义不容辞的责任。凯丽厂有今天的成果，靠的是全厂干部职工的努力和家属的支持。”

掌声响起。

李丛林接着又说：“我们厂还将面临许多困难和挑战，但只要我们全体干部职工都以主人翁的心态为厂里着想，那么我们一定能努力创造一个更加辉煌灿烂的凯丽厂。到那时我们厂的职工，也许绝大多数都能买得起小轿车了。”

掌声又响起。

李丛林把联欢会的气氛调动了起来。劳模颁奖后，李丛林笑盈盈地在蒙蒙身旁坐下。蒙蒙笑着说：“看你这么兴奋愉快，这厂长没有白当了。”

“靠你的支持。”李丛林说。

“你少来这一套，你这么辛苦，怎么劳模没有你的份？”

“我是厂长，不参加评比。”

“那你平时也没多拿奖金回来。”

“嘘，小声点。”

蒙蒙不吭声了，他们静静地观看模特表演。模特们各具特色、风采迷人。模特表演结束后，有人喊让厂长和夫人表演节目。蒙蒙摇摇手，李丛林上去唱《把根留住》。唱完，场子里又有人喊：“厂长夫人唱一个。”真是有一种非唱不可的感觉。如果再赖着不唱，就显得上不了台面。于是蒙蒙想唱就唱吧，大大方方地向观众挥挥手，走到台上说：“我为大家演唱一首《长城长》。”蒙蒙放声高歌，一曲末了，她听到掌声雷动，有人喊："再来一个。"蒙蒙就又唱了一首《昨夜星辰》。

蒙蒙唱《昨夜星辰》时，一下子沉浸在歌词的情景里："昨夜的星辰已坠落，消失在遥远的银河。想记起偏又已忘记，那份爱换来的是寂寞。"蒙蒙唱得很深情，也很动情，全场观众被她的歌声再一次感动了。

接下来是摸奖活动。主持人戴丽丽宣布摸奖开始时，人群躁动。有人摸到小奖，有人什么也没摸到。蒙蒙一下摸了两张，磊磊摸了一张，一共三张，磊磊的号码是 88。磊磊说："88 就是发发。"

贾小燕坐在西边角落里，她与梅森正在谈论着什么。兑奖开始时，她的 98 号奖券中了三等奖。磊磊的 88 号也中了三等奖。三等奖十名，奖给被套一只，布娃娃和长毛绒小狗各一。奖品中没有足球，磊磊大失所望。

二等奖三名，奖品是微波炉一个。中奖号码是 53、101、76。101 正是蒙蒙的号码，蒙蒙一阵惊喜，三脚两步上前去领奖品。

最后是一等奖，戴丽丽报一等奖时，全场安静极了。人们似乎都屏住了呼吸，侧耳静听中奖号码。

"13 号。"戴丽丽说。

没有人反应。

"一等奖是 13 号。"戴丽丽又说。

仍然没有人反应。

这时一个女工说："刚才金工车间的王师傅把奖券撕了。他说那奖券的号码不吉利，会不会就是13号？"

"撕了就是弃权。"李丛林说。

"谁说撕了就是弃权？"王师傅忽然从外面闯进来说，"我是13号，彩电是我的。"

"把奖券给我。"戴丽丽说。

"老子撕了。"

"撕了就无法兑奖。"

群众中有人说："那你把撕碎的奖券拼起来。"可他说："撕了，也扔了。"王师傅是自己把彩电扔掉的，但他不服气，破口大骂婊子养的。几个女工围上去劝他，他走出大门时又骂："婊子养的，李丛林你不得好死，你这样做绝对有报应的。"

"给他吧，他中了奖。奖券不就是你们自己做的。"蒙蒙看不下去对李丛林说。

"这是原则。我不能没有原则。"

"你做得太过分了。"

会场重新安静下来时，戴丽丽宣布舞会开始。舞会本来对蒙蒙颇有吸引力。但由于与李丛林争论了几句，又因为没有理想的舞伴，便拉着磊磊的手先回家了。

面包车就停在厂门口。蒙蒙与磊磊上车时，里面已坐满了人。他们把孩子抱在身上，腾出一个空位给蒙蒙，磊磊就坐在蒙蒙的腿上。李丛林要等舞会结束再回家，他不是喜欢舞会，而是不放心他们。生怕那些小青年，惹出什么乱子来给厂里添不必要的麻烦。

回到家里后，蒙蒙一会儿想打电话找人聊天，一会儿又想打开电视消遣。但为了不与磊磊抢频道，最后还是坐到沙发上重读左拉的《娜娜》。《娜娜》的书页中，有一些被她用红笔画成一道道红线的段落。这是一部描写妓女的书。在社会的百丑图中，声色犬马之徒轮番登场，争风吃醋。他们抛下往日尊严，一个个冲着台上半裸的爱神，扯着嗓门大叫娜娜、娜娜、心肝儿、宝贝儿……

三十四

国庆节那天，天空晴朗得像蓝丝绒一样，梦中的天鹅湖就是这副纯净圣洁的样子。蒙蒙望着天，发现一只巨大的眼睛怪异而狰狞地注视着她，那是谁的眼睛？蒙蒙一阵心惊肉跳。

自从余亮失踪后，她时常会看到一些令人恐惧的东西，也时常会想一些关于生命与死亡的事。它们像生活在深水中的鱼儿，在她忙碌时默默沉在水底，在她安静时就会从深处浮现出来。然而她始终认为死亡并不可怕，可怕的是死亡后面的空白。如果死亡笼罩在一个故事上面，它只能使故事停止，而不能使故事消失。经历过亲人离去的她，现在最大的恐惧就是怕再失去亲人。

李丛林想趁着国庆节假日，邀请妻儿、菲菲和他的父母去花港公园野餐。这是自李丛林做厂长以来，第一次大家庭外出游玩。婆婆做了糟鸡、美味腐皮卷、香炸蕨菜卷、柠香虾等一些食物；蒙蒙只需再买一些饮料、蜜饯、糖果与瓜子之类的东西。

出发时，菲菲忽然说肚子痛不去了。蒙蒙知道她是痛经，不去有点遗憾。因为平时菲菲在私立学校上学是住校生，只有节假日才能把她接回来。再说全家一起出去玩儿是非常难得的事。于是蒙蒙只好给她准备午餐、零食和水果，让她在家里好好休息。临走时，蒙蒙关照菲菲说："谁喊，都别开门。"

"知道了。"菲菲说。

一家人来到花港公园，坐在草地上时，婆婆不断端详着李丛林。一会儿说儿子瘦了，一会儿又说儿子不会爱惜自己。蒙蒙听得有些烦，便独自到苏堤散步。苏堤轻轻柔柔的风拂在她的面颊上，既清新又舒服。蒙蒙想起六朝时的苏小小，她早已化为西湖的残星冷月了。

"你去了哪里？"李丛林问。

"苏堤。"

"一家人难得出来，坐在一起聊聊天吧！"

蒙蒙点点头，但又想不出与婆婆公公聊天的话题，过了半晌，她说："我还是想先回去看看。"

"菲菲都十三岁了，有什么不放心的。"

"她痛经，需要我照顾。"

蒙蒙一个人骑着自行车，飞快地行驶在大道上。她有点担心菲菲痛经难忍，也生怕她一个人感到孤独委屈。蒙蒙鼻尖冒汗地赶回家，然而大门反锁着，菲菲为什么把门反锁？

蒙蒙在门外喊菲菲又猛烈地敲门，仍然没有反应。难道她睡着了，还是出了什么意外？无奈和紧张之下，蒙蒙叫了派出所民警帮她开门。派出所民警是从楼顶翻进窗户去的，蒙蒙屏住呼吸，心跳发慌地等待着。民警进屋，发现菲菲倒在地上已经死了。于是他们当即在现场拍照，拍完照才打开反锁的门让蒙蒙进去。

“怎么会这样？”蒙蒙抱住菲菲痛哭起来。民警说：“菲菲是被凶手掐死的，脖子上有很深的伤痕。凶手是从楼顶翻窗进去，也是从楼顶逃跑的。”

蒙蒙慌乱中给李丛林打“大哥大”手机，一家人就很快回到了家里。菲菲在家遇害，每一个人都感到恐惧。公公婆婆受不了这突如其来的打击，看了菲菲的遗容后回自己家去了。

第二天菲菲的尸体被殡仪馆拉走时，磊磊哭个不停。菲菲是个可怜的孩子，她一直在等她的爸爸回来。蒙蒙没有让她等到爸爸，也没有保护好她。她的遇害比哥哥的失踪更令蒙蒙自责。

蒙蒙沉浸在悲伤中。

埋葬菲菲后的许多个白天和夜晚，蒙蒙都在思索一个问题。那就是哥哥余亮的案子与菲菲的案子，会不会是同一伙凶手？

蒙蒙等待公安局破案。

这些天，蒙蒙请民工将窗子全部装上了铁栅栏。她想如果早点安装，那么菲菲就不会遇害了。蒙蒙悲伤地哭泣着，伤痛极了。生命无常，每一个人每一时刻都有可能生离死别。

徐娃对侄女菲菲的遇害悲伤一阵就恢复了正常，她不会像蒙蒙那样有一种侵入骨髓的悲伤和疼痛。这会儿，徐娃穿着香奈儿品牌服装来到蒙蒙家对她说："看，我这一身漂亮吧，男友送的。"

其实那不过是烟灰色透明开司米薄衫，里面配着吊带的同色长裙。不过看上去舒适、漂亮、实用、简单。

"带你的男友来我家坐坐。"蒙蒙说。

"不行，还没有到把他领回家的时候。"徐娃说。

李丛林从卧室出来，看到徐娃便坐到沙发上与她聊天。他与徐娃聊天的目的是让徐娃在她主持的节目中，为凯丽厂做一档免费广告。

"姐夫当厂长当得人瘦了一圈，凯丽厂效益一定不错吧？"

"我们奖了微波炉、长毛绒小狗。"磊磊插嘴说。

“探索改革的最终目的，就是要使厂里效益好。我们如今没有下岗工人，效益也蒸蒸日上。我这个厂长瘦一点算什么。”

“那你功劳不小。”徐娃一边说一边朝磊磊走去。

“目前经济改革反映出来的社会心理现象，非常耐人寻味。”李丛林说。

徐娃不再搭话。她与磊磊玩小狗游戏。李丛林不好意思再说什么，便朝卫生间走去。

徐娃的传呼机响后，与蒙蒙说男友叫她有事，得去回个电话。走时，李丛林蹲在厕所里，蒙蒙走过去看他，他说没事。蒙蒙就去厨房做菜烧晚饭。一会儿，李丛林昏天暗地地从厕所里出来。他有点支撑不住躺到了床上，曾想去医院检查，但总被厂里的工作耽搁下来。本来明天可以去医院，可明天是凯丽厂劳动服务公司正式成立的日子，根本抽不出时间。于是李丛林自我安慰道：“我只是便秘，便秘不会有什么问题。”

三十五

蒙蒙再次见到英子不是在美院，而是在书店。那天中午，蒙蒙从厂里溜出来，在书店挑选一本罗丹雕塑。她捧着罗丹雕塑去付款时，意外地看到了英子。英子正在时装类书架前翻看一本杂志，脚上穿着时尚的酒杯跟皮鞋，脚背的单根系带新颖别致。

"英子。"蒙蒙说。

"你……"

英子来杭州已两个多月了，杭州的湖畔荷风在她脸上荡漾。她们互相凝视着对方。良久，英子那双略显忧郁，同时又充满探询的眼睛溢满聪慧与深情。肯定地说，蒙蒙审视英子，远远清楚于英子审视蒙蒙。英子上前来亲吻蒙蒙的脸颊，就像第一次她们相识时一样。英子的光滑肌肤触摸着蒙蒙的肌肤，芬芳清香。蒙蒙从心里喜欢她，尤其喜欢她浓浓的艺术家气质。

这次英子在杭州经历了一场恋爱。这场恋爱与从前不同，既没有一往情深也不热烈迷狂。它来得平平淡淡，像两口子居家过日子一样。英子说男友个子很高，面貌清秀很有样子。只是从小生长在农村，是个乡下来的美院教师。

蒙蒙得知英子有嫁到杭州来的念头便说："杭州地杰人灵，是最理想的居住之地。"英子却说："虽然寡淡无味，却又弃之可惜。因为想到女人易老，想到疾病，以及那些尚未看到的致命危险，至少这个男友感觉上会对我忠心耿耿。"

蒙蒙和英子站在书店里说了很多话。她们情投意合，彼此推心置腹。她们都有一种爱女人胜过爱男人的感觉。蒙蒙回厂时，英子说她正要去她们厂看米少山师傅。于是她们的自行车并排骑在宽阔的解放大道上，她们心里暖暖的，脚下轻盈如飞。

英子已不是第一次来东风家具厂，她对这个厂的情况非常了解。蒙蒙坐下来雕刻《美人鱼》时，英子就去米少山师傅那里。他们谈什么蒙蒙不知道，但看得出他们颇投缘。下班铃响过后，蒙蒙喊英子与她一起回去，可英子让她先走，说她还要与米少山师傅聊一会儿。蒙蒙自行车骑到鼓楼，忽然想起忘了拿拎包又赶回车间去了。

下班后的车间静悄悄的，眼前的一幕却令蒙蒙惊讶。

米少山师傅与英子搂抱在一起，蒙蒙尴尬地退了出来。难道他们早就有了暧昧关系？蒙蒙深深为英子背叛了她而难过。她飞快地走出厂门，骑上自行车回家去。在中山南路口她遇到了梅森，于是停下来和他聊天。梅森聊他老婆犯病的事，然后又聊他与戴丽丽的情感关系。他说他爱戴丽丽是真心的。他从来没有这样真正爱上一个女人。

梅森走南闯北遇到过不少女人，荒唐的事也做过好多次，可他对戴丽丽的爱是进入内心的。他说："我们虽然结不了婚，但只要心心相印就满足了。"

蒙蒙回到家里，接到公安处长杨巴的电话。这是她等了很久的电话，她一下很紧张，心像被什么击中了一样。

"余亮的案子破了。"杨巴说。

"我哥哥他……"蒙蒙问。

"你明天来公安局吧！"

蒙蒙搁下杨巴的电话，心里一酸就掉下眼泪来。那是一种心痛的感觉，就像天崩地裂一般。

"谁是凶手？"蒙蒙后悔没有问杨巴，她胡乱猜测着。夜晚的窗外密匝匝地下起了雨，嚓嚓的声音仿佛一队人马正匆匆走向遥远的极地。这时哥哥的音容笑貌浮现在她眼前，她想起小时候与哥哥第一次坐飞机去南京的场景。那天她仿佛冲破了地球的引力飞起来了，那种呼啸冲上天空的感觉是她盼望已久的。

“贾小燕被逮捕了。真没想到她是谋杀你哥哥的真正凶手。”李丛林一进门就说。

“你说什么？”

“贾小燕是谋杀你哥哥的真正凶手，今天被警方逮捕了。”

“怎么会是她，她是谋杀我哥哥的真正凶手？”

蒙蒙很意外，压根儿就没想到贾小燕会是凶手。

第二天下午，蒙蒙与李丛林一起来到公安局。他们看到被逮捕了的贾小燕和那个蒙蒙梦中的带毒汁的女人。若不是处长杨巴和专案组长冯桥在蒙蒙身边，蒙蒙定会上去扯住她们的头发。

现在处长给他们听审讯罪犯的录音磁带，那个带毒汁的女人叫庄晓晴。她是蒙蒙哥哥余亮的女友，也是肢解余亮尸体的罪犯。贾小燕交代她杀人是误杀，直到逮捕前她也不知道余亮是被她杀死的。因为她爱余亮，而余亮却深爱庄晓晴。她由爱而恨，由恨而妒忌庄晓晴。她假装与庄晓晴是好朋友，在庄晓晴毫无戒备的情况下，将老鼠药偷偷放进庄晓晴的咖啡杯中。本来她只想让庄晓晴拉肚子生病，却没想到老鼠药能毒死人，竟然毒死了余亮。因为那杯咖啡是庄晓晴每天为余亮用来出车时提神的。

余亮的突然死亡，使庄晓晴慌了手脚。她不知道该怎么办，法盲的她生怕报案后，警方会怀疑是她谋杀余亮。如果不报案，只要能够处理掉尸体，那么余亮的银行存款和桑塔纳轿车就归她所有。轿车可以卖掉，可尸体怎么办？庄晓晴想来想去，想出了肢解尸体的办法。她把尸体肢解后冰在冰箱里，然后一块块拿出去埋掉。余亮的寻人启事登出后，庄晓晴曾想去自首，可她想人不是她谋杀的，她只是肢解尸体，私吞了余亮的财产而已。那么人究竟是谁谋杀的？谁在她的咖啡杯里放了毒药？庄晓晴后悔当初没有报案，她意识到她已到了在劫难逃的地步。

公安干警自从跟踪带毒汁的女人庄晓晴后，庄晓晴的一举一动都在公安干警的视线里。那天庄晓晴为了把冰箱里最后一颗头颅处理掉，就把这颗最难处理的头颅套在一只黑色塑料袋里，带到她的服装摊位上，然后放进一只大纸箱里。纸箱上面堆满了衣服，顾客们谁也不会想到纸箱下面竟有令人毛骨悚然的死人头颅。

天暗淡下来的时候，庄晓晴慌慌张张地拎着黑袋去凤凰山。在一个荒无人烟的半山腰里，她刚想挖坑埋掉头颅，就听见“不许动”的声音。公安处长杨巴一跃而上，将庄晓晴捉拿归案。

蒙蒙回到家里，一想到哥哥死得惨不忍睹就呜呜地哭起来。罪犯的残忍与狠毒，令她感到人性的恶。为什么还有这样灭绝人性的事件发生？为什么女人也会这么心狠毒辣？

蒙蒙重重地倒在床上，李丛林重用贾小燕，怎么就看不出贾小燕的恶毒？蒙蒙忽然对李丛林当厂长有了疑问。人生是艰难的，但在艰难岁月里，并不是每一个人都能撑起苦难的大山。蒙蒙听到她自己的每一块骨头、每一根神经仿佛都在发出崩溃前的嘎吱声。

三十六

贾小燕与庄晓晴被公判一周后，菲菲的案子也破了。杀害菲菲的凶手，是一个二十五岁的安徽流窜盗窃犯。他后来又去另一户人家作案时，被周围群众捉拿归案。

那天在殡仪馆里，蒙蒙为哥哥和菲菲一起开了追悼会，很多凯丽厂职工都来参加了。李丛林的悼词念得泣不成声，追悼会沉浸在一片悲痛之中。簇拥在哥哥和菲菲遗像周围的是层层叠叠的松柏盆景和鲜花花圈，它们仿佛都被泪水浸润得苍翠欲滴、鲜艳无比。

追悼会中最悲痛的人就是蒙蒙了，巨大的悲痛，使她双腿一软就晕了过去。醒来，她已躺在医院里。范柳刚来看她时，她正巧在办理出院手续。仿佛是一场梦，蒙蒙不知道自己晕过去了多久。此时，范柳刚的热情并没有唤起她的热情。他们的关系已发生了微妙变化，蒙蒙发觉自己从晕眩中醒了过来，反省自己其实并不是真正喜爱范柳刚。她对他的向往，只是因为他传递给她的一种莫名的欲望。而这欲望如同一片树叶，如今已掉进起伏跌宕的河水里了。

两个多月后，当范柳刚再一次要求与她约会时，她只与他走访了一些名人故居。譬如：民族英雄于谦，思想家、文学家龚自珍，国学大师马一浮，中国现代艺术开创者李叔同，国画大师吴昌硕、黄宾虹、潘天寿和现代作家夏衍等，然后便匆匆告别了。她明白曾经许多梦想，像空花篮一样没有内容。而今即使有一点内容，也绝不会像安徒生童话那样盛满玫瑰。也许爱情之于她，不是爱一个具体男人与他朝夕相处、肌肤相亲；而是那种爱情产生的奇妙感觉，那种沉浸在爱情里对世界雾里看花的感觉。范柳刚已不再使蒙蒙产生这种感觉。

蒙蒙走进小区公寓楼，顺着楼梯缓缓而上，楼道里阒无人影。灯光像暗语一样模糊不清，晃动着阴影显得鬼鬼祟祟。她一边掏钥匙开门，一边心不在焉地想磊磊与李丛林去了婆婆家，他们不在家她就清净多了。

楼道里出现了一个男人，从蒙蒙身边轻轻滑过。蒙蒙闻到一股腐土或污水的气味，仿佛从久远年代渗透过来的。蒙蒙转过身望着那男人，最先看到他的头发像野草恣意膨胀，然后看到他眼窝深陷，镶嵌在一张黧黑的脸孔上。从那里发射出来的光芒，鬼火一般幽绿。他是哥哥，是鬼魂的哥哥吗？蒙蒙走进房间，对着敞开的窗子冲楼下喊哥哥。哥哥曾无数次走过那地方，那地方现在被月亮炫目地照耀着。不安静的秋风，呼呼扫落枯黄的树叶。一切都是幻觉。但她相信哥哥和菲菲的鬼魂，一定会常常回来看她。

蒙蒙蜷缩在沙发上，她并不是一个很善女红的现代女性，但她正在为李丛林编织一件毛衣。给李丛林编织毛衣不比给磊磊编织，磊磊不在乎编织得好坏，李丛林就挑剔得多。不过手工编织是现代人追逐的精品与时尚，它充满艺术质感，也是感性与灵性的直接产物，具有特别的亲切、温馨与意义。

蒙蒙累了，她放下手中编织的毛衣，微微闭上眼睛。这时，一些过去的岁月与尘埃升腾而起。一群群旧识的男女，插上翅膀从窗前飞过。他们在青色的夜幕里，演绎着一个个故事。蒙蒙隐隐约约看到一个死者姗然而立，她是她的嫂嫂。嫂嫂失踪已经三年了，如今安在？

蒙蒙迷迷糊糊睡过去一些时间后，发现李丛林和磊磊依然没有回家。也许是被什么虫子咬了，她忽然感觉身上奇痒无比。她决定到浴缸里洗个澡，把整个身体浸泡在浴缸里。浴缸仿佛是一床被窝，她蜷缩着双臂环抱胸前，仰天而卧。那感觉仿佛又像躺在海边金黄色的沙滩里，暖暖的阳光穿透沙粒涂在她的皮肤上，又渗到她的血管中。她的血管在灼烈的阳光下，如同大麻迅速弥散，兴奋、湿润。

浴缸对面是一扇新安装的大镜子，蒙蒙望着镜中的自己，发现自己脸上的线条十分柔和。皮肤光洁细嫩，嘴唇棱角分明。一头松软的长发蓬在后颈，浸在水里像漂浮的花朵，芬芳四溢。她第一次仔细看到自己躺在浴缸里的样子，有一种倦怠和柔软的美丽。由此，她想到熟睡的美丽、死亡的美丽。

在浴缸里浸泡是一件惬意的事情。蒙蒙用手指摩挲着身体的各个部位，仿佛那手指已不再是她的手指。她情绪亢奋，呼吸加快；血管里的血液，被她的手指点燃了。她忽然觉得她在接受自己的审美体验与欲望的达成。

大约一个小时后，蒙蒙从浴缸出来，透过玻璃窗看到对面高楼闪烁的霓虹灯。城市的夜景多么美丽，可长久以来城市生活景观在她心里，始终有一种恍若隔世之感。她一直认为它不属于她，随着时光的消逝，她对城市生活的感情日益淡漠。如果有一天她退休了，不用再为李丛林和磊磊操心，那么她就想一个人远离故土，过一种西方古代传说中西西弗斯一样的生活。同时也像瑞典雕塑家卡尔·米勒斯一样，宁静雕塑。那种与巨石较量碰撞出来的力量，像舞蹈一样优美。

现在蒙蒙对镜梳妆，凝视镜中的自己发现自己变得智慧了。人最重要的是，首先让自己成为一名智者，这比追求什么都更重要。只有智者，才能将真实的生命活出来；才能让血液涌动出一种明亮、一种空荡、一种舒畅。蒙蒙在镜中，捕捉到了自己颇具内涵和智慧的表情；它们正恰到好处地体现了她内在的沉着、深邃与沧桑。

三十七

李丛林在厂里一连值了两天班，这会儿他沿着厂区平坦的柏油道路，慢慢地走着。这道路是他进厂后铺设的，本来是一条泥泞不堪的小路。双休日厂里没有了人声鼎沸，没有了机器轰鸣。灰色的厂房显得阴郁、呆板，没有生气。李丛林望着厂房，忽然想把厂房漆成湖绿色或者淡黄色，让工厂富有活力和朝气。

平坦的柏油道路尽头是托儿所，托儿所拐弯往前走两百米就是浴室。托儿所和浴室，也是李丛林进厂后办起来的。李丛林想，厂长就是要为全厂职工办实事。李丛林不知不觉走到了技术科，门口有个小花园，树木已凋零，满地的枯叶被风吹得东飘西荡。深秋了，李丛林望着花圃中残枝败叶，想到人的命运，黯然神伤。

“李厂长。”忽然有人喊他。

李丛林抬起头来东张西望，他看见杨庆房从楼上窗口探出头来，便冲他说："你怎么不回家？"

"我无家可归。"

"失恋啦？"

李丛林走进技术科，想与杨庆房聊天，解解值班中的寂寞。

"李厂长坐。"杨庆房说，"你真行，不到一年就把凯丽厂经济搞上去了。"

"我总是太性急，改革虽然有了些成绩，但还存在着不少问题。譬如，厂里干部之间还不够团结，人心不够齐。国企改革最难的不在技术管理、人事安排、劳动分配、业务洽谈等诸类问题上，而是在人心的问题上。"李丛林陷入沉思地说。

"我们是不是可以把 AZUR 香水瓶用来装新产品香水？这样库存 AZUR 香水瓶就可以用掉一部分。"

"品牌不一样会不会影响销售？"

"应该没有问题。"

"那就试试。"

李丛林离开技术科后，又在厂区逛了一圈。他对厂区的卫生基本满意，回到厂长办公室翻看报纸，但又觉得大报小报的内容大同小异，他决定明年节约开支就订一份杭报。

放下报纸，李丛林看见笔筒里有一支毛笔。那是他在局机关无所事事时，练过书法的笔。他用这支笔抄写过不少古诗，如“子规夜半犹啼血，不信东风唤不回。”李丛林想到这首古诗，为二十八岁就去世的年轻诗人惋惜。他想如果这位诗人活得长一些，一定能够帮助连襟王安石成就一番大事业，可惜自古雄才多命舛。

李丛林叹息着。

李丛林离值班结束还有半天，若是上班时间忙忙碌碌一下就过去了。然而，值班就显得空荡寂寞而漫长。一个在工作上习惯了忙碌的人，忽然空下来确实有种无所依托的感觉。怎么打发剩下的半天，看书还是练书法？

李丛林想起促使他下定决心来凯丽厂做厂长，是因为受了某一部书的启发，他依稀还记得书中的某个片段：

> 我没法确证自己能否成为一位英雄。我只有去崇拜自己心目中的英雄来获得慰藉。我怀着虔敬之心去了解他们，接近他们，用最纯真的热情去感应他们，伴他们心跳脉跳。每当我在人生道路上受到挫折，我就跟我心中的这些英雄或默默相对，或娓娓交谈，直到我们双方都流下至纯的泪水，我就立时从绝望中挺起。就是这样，一次又一次，这些英雄拯救着我，滋养着我，同时也

在指引着我，规范着我。

李丛林认为，他与这个作者的精神世界息息相通。他忽然感动了起来，觉得自己的潜意识里也想成为一名英雄呢！

三十八

胡梦娴与范柳刚过着半同居的平庸生活，平庸生活有时候也的确有它迷人的地方。至少可以天天聚在一起，享受天伦之乐。胡梦娴觉得这就是她向往的幸福日子，她愿意每天为范柳刚做饭洗衣。更愿意范柳刚一进门就十分诗意地拥抱她，重重地吻着她。她觉得在心爱的男人身边，做一个平常女人，过一种平常生活也是幸福的。她希望这样的生活，能够更进一步得到完善。也就是说，她要与范柳刚结为夫妻百年好合。

胡梦娴觉得自己就是一只飞累的鸟儿，噗地落在大地上。从前她最讨厌的家务活，在心爱的男人身边干起来却有了诗意。原来只要有爱，干家务活也是一种美好的生活乐趣。她想，小市民的欢愉，正是一颗平常心的表现。胡梦娴躺在床上看电视。电视是一件大众性的东西，它热闹而庸俗地耗费了人们不少时间，但没有它生活就显得寂寞。

胡梦娴在观看的某些电视剧中，不断对生活有了更深的理解与想象。她喜欢那些恩爱夫妻白头到老的故事。她羡慕那些平淡中见真情，彼此紧紧牵住对方的手，越过生活中一朵朵乌云、一个个坎坷的夫妻。她想那样的夫妻，进出总是成双成对的，即使去菜场，也会手挽手一起去。然而范柳刚从来没有与她一起去过菜场。有一天范柳刚想喝鱼汤，她三脚两步跑到菜场，在卖活鱼的摊位买了一条鲤鱼。鲤鱼被卖鱼人狠狠摔了几下，躺在地上绝望地鼓起亮晶晶的鳃和白色的嘴，这是死亡前的挣扎。胡梦娴不敢想，希望自己不会像鲤鱼那样任人宰割吧！

电视上出现了一个金发男人，他在一个雕塑画廊前吹萨克斯管，那形象很像舒伯特，那音乐也是一支熟悉的曲子。浪漫而惆怅，只是胡梦娴想不起它的名字来了。

胡梦娴一边看电视，一边等待范柳刚。范柳刚并不是天天睡在胡梦娴家里，他神出鬼没、来去自由，让胡梦娴常常陷入期盼之中。这是范柳刚对付女人的手段，胡梦娴不知道。女人在恋爱中，往往是愚蠢的。她们以爱情为轴心，把自己全部的思绪和精力围着这轴心转。

有一天胡梦娴在太平洋电影院门口，恍惚中看到范柳刚与一个女子手挽手走在一起。她不知道那女子是谁，她敏感而醋意十足地追上去，由于电影刚散场，胡梦娴在人流中，一转眼就不见了范柳刚。

胡梦娴掉下了眼泪。

胡梦娴对范柳刚的爱情是那么地激情荡漾，生命中难舍的灿烂会使她舍命以求。她不愿相信自己看到的这一幕，也不愿相信范柳刚除她之外还藏着别的女人。她沉浸在爱情里，什么事情只要经范柳刚解释和给她一个深情的吻，她就信以为真。

范柳刚觉得胡梦娴这样的女人，实在太好哄了。他对她的爱情就像跳狐步舞一样，进一步，退一步。只是时间久了，也没有什么新鲜感。他要女人的新鲜感，只有女人不断给他新鲜感，才是他男人生命永葆青春的动力。范柳刚心里明白，他正在渐渐疏远冷淡胡梦娴。胡梦娴之于他，已不再有什么利用价值和吸引力。

胡梦娴不知道范柳刚有多么卑鄙。她心里总是童话般想象这份爱情应该永远不衰。她似乎拼命守住这样的梦想，不肯相信那只是小女孩的童话。因为在那个小岛上，她与范柳刚无论心灵还是肉体掀起的滔天大浪，在她心里永远无法磨灭。

小岛生活多么美好。

胡梦娴总是有许多柔情汩汩流出来，隔远了看那个小岛闪烁的一周，那种尽了全力燃烧起来的恋火，是她整个生命中璀璨的痕迹。浪漫、无垠。一如真切的梦境，让胡梦娴想起了婚礼。婚礼使人更多地想起少女时代和女人的苦楚。那些婚礼上的歌，除了快乐幸福，蕴藏在心底的还有忧伤。胡梦娴想象自己，置身在忧伤和快乐幸福的婚礼进行曲中。

想象多么美好，胡梦娴就像一朵云，游离于时间和现实之外。她对第一次婚姻失望时，抓住了生育，企图让生育来拯救她。她多么爱她的孩子，但无法忍受由养育孩子带给她沉重不堪的生活。那种又忙又乱又乏味的可怕生活，可以把一个文静的女人改变成悍妇。

胡梦娴不愿做悍妇，觉得经过婚姻生育后，接下来等着她的便是死亡了。死亡的空气密布在她周围，她想象自己躺在墓地里的情景：墓地鲜花盛开，却是凄凉的景色。那块距今一百多年的墓碑，碑上长满黝黑结实的野生青苔，几乎像一棵柏树那样干燥漂亮。阳光从高大茂密的树木之间照射下来，把墓地划为无数层不同空间，金绿的轻雾正在袅袅飞升。这个死去一百多年的人，曾经有过惊心动魄的爱情吗？每一个人不论沉浮荣辱、贵贱贫富也许都会遇到一次疼痛的爱情。如今他们沉睡在墓地那么多年，烦恼早已飘然而去。他们的死魂灵，通过墓碑有了生气。在冥界，他们悬浮于鲜花和绿叶之上玄思和漫步。

等待是焦虑的。胡梦娴迟迟没有等来范柳刚，心里自然惶惶不安。她想范柳刚究竟在忙些什么呢？说实在，她并不想与范柳刚只做一对同居的情人。可有谁知道，在一个女人情不自禁地做着什么、进行着什么的时候，心里的失望与反感也随之上升为愤怒。

胡梦娴眼里溢满泪水，这种对范柳刚爱恨交加的情感，使她不知道是喜是悲。她已过而立之年，喜悦和悲伤都变得不再轻易。可与范柳刚的恋爱始终让她在悲喜之中。那种悲喜搅拌在一起的日子，笑着笑着就会笑出眼泪来。

这晚胡梦娴不知道自己等待了多久，也不知道自己是什么时候睡着的。第二天一大早醒来的第一个念头，就是去菜场买菜，做一桌丰盛的佳肴，像贤妻那样等待范柳刚回来。

三十九

蒙蒙去超市买盆菜时，遇见曾经给余亮写专访后来又给李丛林写专访的报社记者胡梦娴。她神情忧郁面色憔悴，与从前似乎换了一个人。蒙蒙不知道她发生了些什么，于是就和她攀谈起来了。

“你买菜？”蒙蒙说。

“是。”

“听说你儿子长得很可爱，带他来我家玩儿吧。”

“判给前夫了。”

“你已离异？”

“是。”

“那你现在独身？”

“不，有男友。”

蒙蒙并没有问她男友是谁，也许她沉闷太久了需要倾诉。她与蒙蒙谈了她与男友范柳刚的故事。蒙蒙脑袋里轰一声，像爆炸了一样被她的倾诉炸得支离破碎。原来范柳刚是一个卑鄙小人、情场老手。他怎么可以同时欺骗几个女人的感情？蒙蒙不知道该对胡梦娴说什么，一种愤怒使她告别胡梦娴，直奔新侨饭店范柳刚居住的918居室。

918居室服务员正在打扫房间。服务员说：“范柳刚出去了，你外边等吧！”蒙蒙就坐在918门口的一张沙发上，守株待兔。仿佛是一场噩梦，醒来后是震惊和恐怖。

“你怎么坐在这里？”范柳刚说。

“你是一个卑鄙小人。”蒙蒙倏地站起来说。

“出什么事了？”

“你与敏、你与胡梦娴，你要对多少女人温柔剥削？”

“我没有剥削，都是女人自愿的。女人就是这样贱。”

“啪！”蒙蒙一巴掌打在范柳刚脸上说：“你真是个无耻的恶棍。”

蒙蒙走出918房间，就像摆脱了魔鬼的纠缠，整个身心都轻松起来。她觉得自己并没有真正爱过他，只是把他假想成一个她爱恋的男人而已。不过这段感情，让她对李丛林有一种深深的负罪感。她并不像某些人在丈夫，或者妻子的眼皮底下大谈婚外恋而不受道德谴责，并且谈一个换一个。她会好自为之，必要时向李丛林坦诚相告、忏悔自新。

现在蒙蒙坐在床上给李丛林编织毛衣，她发现她心灵深处所爱的男人，还是李丛林。人有时候会走入歧途。爱，有时候却需要一生才能明白。西方哲人康德说：“人类最敬畏的有两种东西，一为头顶浩瀚星空，一为心中道德律。星空高悬，望而生畏；道德律源远流长，绵延至今，仿佛生长在天空，同样可望而不可平视。”借用这句名言来谈男人天空，蒙蒙认为男人天空头顶应该高悬达摩克利斯之剑，否则行为失范，伦理尽丧，家庭畸变，人性突裂，男人天空一片灰蒙蒙。

那么范柳刚是不是一片灰蒙蒙的男人？他是否明白男人应该敬畏的是，一对天空，尤其对明朗的珍惜和热爱，二对道德律的敬重和恪守？他是否知道男人持有敬畏的内心才能透彻明净，道德律才能落地生根？

李丛林深夜时分才回家，他见蒙蒙还在为他编织毛衣，表露出一份久违了的温馨与热情后，一只紫色锦盒在蒙蒙面前晃了晃说：“你猜里面是什么？”

“戒指？”

“不。”

蒙蒙脸一下红了起来，紫色锦盒勾起了她的耻辱，她连连说不猜了不猜了。

“这是一块缅甸玉。”李丛林打开锦盒说。

“贵不贵？”

“无可奉告。”

夫妻之间总会比较实在。蒙蒙不喜欢李丛林破费，也就意味着为家里节约开支。然而她不知道杭州新华路一座明代古宅里，摆满了琳琅满目的真假古董；蒙蒙第二天上班去，脖子上挂着李丛林送她的缅甸玉。

“这么漂亮的玉？”郑瑛说。

“老公送的。”

“真好啊，恩爱如初。”

“嗯。”

蒙蒙说“嗯”的时候，心里的滋味是酸酸的。郑瑛不会明白她的感受，曾几次她都想告诉郑瑛真相。结果都被她忍住了。电话响起来后，郑瑛喊蒙蒙接电话时，她都不想停下手中的活儿。

“快接电话呀，英子打来的。”郑瑛说。

“喂，我正在忙，你有什么事？”

“找你谈同性恋。”

“这么无聊。”

“我有事找你商量，你下班来我这里好吗？”

“好吧！”

蒙蒙搁下电话，想到下班后家里有许多事，就请了两个小时的事假飞奔而去。而此时英子在房间里抽烟，烟雾缭绕。英子没想到蒙蒙这么快就到，她还以为又是那个美院教师来纠缠她了，说：“我不会开门的，你走吧。”

蒙蒙回到路边去买了一束花，手捧鲜花眼睛炯炯发亮地又一次按响门铃后，仿佛她就是那个美院教师了。不过她还是忍不住说：“是我，蒙蒙。”

“你……”

英子打开门，十分惊讶蒙蒙送花给她。她高兴地说：“我正想和你商量个事情呢，那个教师缠着我不放，你说怎么办？”蒙蒙说：“杭州三秋桂子，十里荷香，六桥烟柳，九里云松，一湖福水，养水也养人，你不是想嫁到杭州来吗？”

“你讽刺我？”

“没有。”

蒙蒙本来想逗英子玩的，不料她以为是讽刺，就改换话题与她谈毕加索。尤其想与她谈《格尔尼卡》那幅油画，可英子说：“我不想与你谈毕加索。”

“那我和你谈那位教师吧，他忠厚老实，诚心诚意爱你，十分难得。你不要挑三拣四。你不要他，恐怕连他这样的人也找不到了。他怎么说也是个美院教师，与你同行会有共同语言，你就不要好高骛远了。”

“你怎么这样说话？我让你来是帮助我出主意怎么对付他，不是让你来教训我的。”

蒙蒙一时呆若木鸡，原来英子找她来，是需要与她同仇敌忾。蒙蒙想英子把我当什么了？难道是凌驾于我头上随时可以招之即来、挥之即去的部下？蒙蒙忽然心情郁闷起来，便借口家里有事溜走了。

四十

凯丽厂的新产品，在全国化妆品市场成为响当当的名牌产品，是李丛林梦寐以求的。他看见一卡车、一卡车的新产品驶出厂门，销往全国各地，心里很高兴。说真的，世纪末倒闭的企业不少，下岗工人也不少，凯丽厂能绝处逢生，柳暗花明，全在于市场经济开放和全厂职工的努力。尤其是技术科和销售科成员贡献很大。李丛林想是否给贡献突出的员工，每人奖励五千元。

李丛林回到厂长办公室，正想与党总支书记老董商量，电话铃响了起来。

“我们是检察院，找李丛林厂长。”对方说。

“我就是，找我有什么事？”李丛林心里一惊。

“我们接到举报后做了调查，朱水根已构成受贿罪，我们以受贿罪对朱水根提起了公诉。”

“哦，是这样。”李丛林并不感到意外。

李丛林知道朱水根受贿是前几年的事，群众反应强烈。自从李丛林上任厂长后，一刀切断了朱水根在萧山厂不必要的加工香水瓶业务，使其受贿中断。李丛林为当初这样做感到安慰，也为朱水根受贿而不自首遗憾。一个上了年纪的副厂长，竟然受贿几十万元人民币。

警车把朱水根逮走后，群众议论纷纷。

“他犯了受贿罪？”王春春惊讶地问。

“是。”李丛林说。

“我还以为别人胡说，原来是真的。这老朱倒够狡猾的，平时口口声声宣称自己从不行贿受贿。上次他与你闹矛盾，原来就是想继续在萧山厂受贿？”王春春说。

李丛林没有回答王春春的话。

自从贾小燕被逮捕公判后，王春春就没有了与她竞争的对手，也不在乎李丛林对她爱理不理的样子了。

电话铃又一次响起来，李丛林心脏怦怦地跳着。他不想凯丽厂再发生什么意外的事，也不想公安检察机关再光临凯丽厂。一个优秀企业，不仅仅表现在产品质量和销售数量上，更重要的是全厂职工的整体素质和道德品质。他想素质教育不光在学校，工厂也要实行起来。

“喂，哪里？”李丛林屏住呼吸说。

“我是马处长，下午我与万里厂美方董事长老范来你们厂参观。你们准备一下。”

“哦。”李丛林放下话筒骂了一句粗话。

李丛林知道范柳刚打着美方董事长的招牌，到处招摇撞骗。他究竟算哪门子美方董事长呢？他来我们厂干什么，难道还想抢走凯丽厂业务？

李丛林陷入沉思中。他中午没有去食堂吃饭，王春春见他靠在沙发上抽烟，就不声不响地去食堂把饭菜拿了来。

“吃吧，别饿坏了身体。”王春春说。

“谢谢。”

这是免费午餐，已实行了两个月。全厂职工吃午饭，就像共产主义到来了一样，一人一份。李丛林抽完烟吃饭时想，王春春对他确实不错，可为什么自己心里总是讨厌她呢？

“李厂长，马处长和范董事长来了。”王春春说。

“这么快？”

“去迎接一下吧？”

“没必要。”

李丛林话音刚落，范柳刚在马处长的陪同下，大摇大摆地跨进了厂长室。他西装革履，头发油光发亮，一把握住李丛林的手笑着说：“老兄你真行，我来向你取经了。”

“哪里哪里，我们没有什么经验。”李丛林冷冷地说。

“别谦虚了，带我去车间转转吧？”

李丛林说他正有事忙，让王春春陪他们去。可马处长不高兴了，他在李丛林耳边悄悄说：“老范是美方董事长，哪有厂长不亲自陪同的？”李丛林只好又说：“你们先去，我马上就来。”

后来李丛林无奈地陪范柳刚在几个车间转了一圈。他发现范柳刚对新产品研制过程颇感兴趣，便打发他们去接待室休息。而范柳刚意识到李丛林不欢迎他，这使他觉得李丛林依然与从前一样漠视他的存在。他现在是万里厂美方董事长，李丛林居然不把他放在眼里？范柳刚越想越气，趁着马处长与王春春聊天的当儿，来到李丛林办公室推门而入。

“你不休息一会儿？”李丛林警觉地说。

“第一次来老兄厂取经，怎么舍得休息？不像老兄大权在握像个厂长的样子。”

“什么意思？”

“你还是那么倔，厂长做得不错。可惜老婆跟人跑了你都不知道。”

“你别胡说。”

“我胡说什么，老实说我今天来你们厂的目的就是告诉你，你老婆早已是我的女人啦！哈哈哈。”

“不准你胡说。”李丛林愤怒地朝范柳刚一拳揍过去，范柳刚一个趔趄，茶几上的玻璃杯嚓啷啷掉到地上，摔得粉碎。

“什么东西打碎啦？”厂部大办公室的人，听到厂长室里发出的声音都拥了过来。范柳刚赶紧坐到沙发上，抓起一张报纸挡着脸。李丛林捡起碎玻璃笑着对他们说：“不小心打破了玻璃杯。”

这晚李丛林情绪很糟糕，倒头就睡，什么话也不想说，更不想把范柳刚的话复述给蒙蒙；而蒙蒙还以为李丛林累了，就熄灭了灯。蒙蒙一点不知道李丛林正掉进生命的峡谷里，感到前所未有的空洞。

失眠的夜晚是漫长的。

蒙蒙半夜里起来上卫生间，扭亮灯看见李丛林冲她笑。那笑惊异而恍惚，凄切而凛冽，怪怪的样子，让她吓了一大跳。

“你是不是病了？”蒙蒙说。

“没有。”

第二天一早天蒙蒙亮，李丛林就上班去了。如果说从前他是为了凯丽厂工作提早上班，那么这一次他完全为了避开蒙蒙。他觉得凯丽厂真实可信，是他事业的依托和飞升。他想起一个故事：“有位四十多岁的女舞蹈家，从六岁练舞开始，在长达数十年中，一直坚持跳独舞。数十年跳独舞，是一种什么样的生命语言？舞蹈家由一个女童变为少女，又由少女，变成了一个已婚妇女。她的舞艺日益精湛，但独舞的身姿始终没变。不用说，在她无数次摔倒的那一刻，最后将她拉起的，除了她自己，一定还是她自己。”

李丛林认为将生命舞成杰作的过程，既是一种加法的过程，也是一种减法的过程。它等于信念加上汗水，加上泪水，加上忍耐力，加上承受力。也等于绝望减去虚无，减去随波逐流，减去自暴自弃。生活中有人穷尽毕生精力，去完成生命杰作；也有人年纪轻轻，生命就腐烂了。李丛林明白凯丽厂是他事业的舞台，最终也将是他生命的舞台。

四十一

厂长室电话就像一只蹲在那里汪汪叫的小狗，既忠诚又聒噪。李丛林一连接了几个电话后，为自己沏了一杯浓茶，滋润嗓子和提神。他不想因失眠而思绪混乱，他要把不愉快的事，全都如水沥沥退下。

“李厂长你要去保释我们老朱啊……”朱水根老婆哭哭啼啼闯进厂长室说。

“我们会去保释，你要相信法律是公正的。我也与你一样，希望他从轻处罚，你回去吧！”李丛林说。

“谢谢你，你要帮帮我们老朱，他有高血压病……”朱水根老婆抹着眼泪一边说，一边走出厂长室。这时正巧下班铃响了，李丛林冲她背影说：“坐我们厂车回去吧。”

李丛林今天不加班，也没有任何应酬，但他不想回家。他觉得自己是一个孤独人，除了谈业务、谈改革、谈凯丽厂，已没有人与他心灵交流。老婆是一堵高墙，他已翻不进她的心灵世界。只有颜泗仙这个看不见摸不着的梦幻女孩，常常像幽灵一样在他眼前出现。她的声音像海螺回荡的潮声那样，回荡着往昔岁月的忧戚和温馨。

“蒙蒙、蒙蒙，你难道就是一团迷蒙的雾吗？”李丛林念叨着这个名字，对范柳刚的话似信非信。他没有理由不怀疑，觉得与其同床异梦，还不如留在办公室过夜。于是当夜晚来临时，李丛林蜷缩在长沙发上睡觉。身上薄薄的毛巾毯，虽然抵御不了深夜的寒冷，却能抵御他心灵的寒冷。

李丛林在办公室的温床上呼呼睡去。

蒙蒙并不知道李丛林这一夜故意不回家。深夜时分，她感到疲倦就睡了。因为白天去姨妈家，姨妈正在与徐娃发生争吵。姨妈认为徐娃不该找个比姨妈还大两岁的男人，更不应该为他人工流产。徐娃一气之下摔门而去，徐娃走后姨妈气得晕倒了。姨妈有头晕病，蒙蒙劝姨妈不必那么老古董，如今老夫少妻多着呢！

一觉醒来已是凌晨三时，蒙蒙发现李丛林没回家着急了起来。李丛林为什么不回家？蒙蒙一阵紧张，给他打“大哥大”手机，但他又迟迟不接。她一骨碌跳下床，床头上的结婚照片掉了下来，镜框玻璃摔了个粉碎。难道是一种不祥的预感？难道又是一个亲人失踪？恐惧感让蒙蒙一想报案，二想去凯丽厂找李丛林。她想李丛林心里只有凯丽厂，会不会还在厂里呢？

真正的爱情要在灾难和死亡面前，才能淋漓尽致地表现出来。蒙蒙心急如焚地来到凯丽厂，厂门紧闭着。传达员早就睡着了，呼噜声如雷贯耳，怎么敲也敲不开。蒙蒙只好从铁门外，用小时候爬树的技巧爬进去。

凯丽厂静悄悄的，被月光流淌的厂房显现出诗意。蒙蒙在诗意中，仿佛正在进行一次惊恐的梦游。厂长室的灯还亮着，这使她又激动又紧张。她忽然像一把锐利的铁钩，冲里面大声喊："李丛林、李丛林……"

"谁？"李丛林从沙发上一跃而起，一下没听出蒙蒙的声音。

"我，蒙蒙。"

李丛林打开门，蒙蒙一下拥抱住他。他们一时都不知道说什么，但他们意识到对方存在的重要性。在默默拥抱中，李丛林复杂的内在矛盾，使她知道他故意不回家、故意关掉电话、故意回避她。他出了什么事，为什么不让她分担？

他们回到家，躺下后窗外已露出了鱼肚白。他们都暂时忘掉心中的不愉快，以温情来融化彼此心里的坚冰、抚慰心灵创伤。这时候蒙蒙感觉李丛林像一个受了委屈的大孩子，寻求母亲的庇护。他将脸深深地埋进了她的胸间，又吻她那一对耸起的乳峰。她在接受他的爱抚时，望着明亮的月光在房间里一寸寸移动。窗外弥漫着都市地气中夹杂的植物气息，这种气息就像夫妻除了现实生活外，还需要精神与心灵的气息一样，是都市生活中必不可少的气息。

天大亮之后，都市就开始喧闹起来了。人们又开始一天的生活。他们忙什么？我们忙什么？蒙蒙时常会莫名其妙地想这些问题。这些问题像潮水时涨时退。

早餐蒙蒙做了价廉物美的肉骨头粥，是李丛林最喜欢的美食。蒙蒙忽然猜测李丛林不高兴回家，是否因为蒙蒙嫌他收入少？如果这样他一定误解了她的意思，她只不过不想让他把整个身心交给凯丽厂。其实清贫算什么，有思想的人，置身在富足中还会逃离富足过清贫的日子呢！这世界钱不是最重要、最珍贵的东西。但钱毕竟是令许多贫穷的和富贵的人困惑。金钱是一个魔鬼，它主宰着社会发展，也主宰着人的感情与意志。然而人本质里有贪欲，人们在金钱面前的贪欲，使金钱变成了一把双刃剑，它两面的锋刃对着人类道德相悖的两个方面。

蒙蒙胡思乱想了一通，就把一大碗肉骨头粥吃完了。李丛林上班去后，蒙蒙听见收音机里说：“十多年来，我们中国社会已从传统农业文明、计划经济，转型到现代工业文明、市场经济时期。这一个转型期，在中国社会变革史上具有重大意义，意味无穷。”蒙蒙想，李丛林也许属于这个转型时期的弄潮儿吧！

四十二

胡梦娴在报社成了一个越来越孤独的女人，除了工作，她已不再愿意与任何一个同事聊天。她知道关于她的离异，报社从新闻部到副刊部全都议论纷纷，对她颇有微词。她不明白为什么摆脱一个没有爱情的婚姻，遇上一个自己喜爱的男人会惹出那么多麻烦？胡梦娴痛苦着。

痛苦中，胡梦娴回忆与范柳刚在小岛共同度过的一周，便感到苦中有甜。那里的月亮又圆又亮，那里的海上细波粼粼，那里的海边吉他声声。胡梦娴忘不掉范柳刚给她的每一个吻，忘不掉那由爱情升腾起来的金色火焰。可现在范柳刚对她逐渐冷淡，使她有一种被爱情伤害了的感觉。这感觉令她心痛。为什么，为什么会这样呢？

胡梦娴仿佛觉得从前那种绝望，又像大雨将至时滚滚扑来的乌云向她逼近。她面对它的逼近全无办法，房间里的光线忽然变得昏暗，那是风摇动树，树遮住了月亮。蠕动的树叶，发出呼呼的声音，显得鬼气森森。胡梦娴害怕起来，那越来越近的脚步声，仿佛鬼在地面跳着优美的舞蹈。

忽然门被轻轻推开，一个苍白的脸走进来。胡梦娴恍惚中，听见一阵枯骨般的咯咯声，惊慌地说：“谁？”

“我来了。”

“范柳刚你还想着来这里？”

“怎么不想？我忙得团团转才不能天天陪伴你。看，我这不就来了吗？”

范柳刚紧紧拥抱住胡梦娴，吻干胡梦娴眼眶里溢出的泪。然后双腿跪地，伏在胡梦娴的大腿间。胡梦娴是个容易被感动的人，望着心爱的男人跪在地上不禁又淌出眼泪来。委屈、感动、爱恋、激情，胡梦娴身上喷射出放纵的岩浆。

范柳刚耷拉在床上，他引以为傲的男人力量忽然间无力坚挺。他意识到自己其实是一个真正的失败者，但再失败也不能暴露自己的失败。怎么说，他也有本美国护照作挡箭牌，他要利用这一优势开拓新局面。

李丛林算什么东西？范柳刚自我安慰地想他做男人比李丛林潇洒，干事业也比李丛林潇洒。可他妈的，李丛林居然不把他放在眼里，还像从前那样看不起他，难道他所有的欺骗和虚荣都已被李丛林识破？范柳刚忽然冒出一股窝在心里对李丛林的仇恨，骂道："你这个王八蛋。"

"你说什么？"胡梦娴问。

"没什么，我是说我们是否去新疆吐鲁番？"

"去吐鲁番？"

"是。"

吐鲁番是胡梦娴一直梦想去的地方。她曾想象那里飞沙走石的神秘和浪漫。她激动地抱住范柳刚的头，在他耳畔悄悄地说："这次与上次的小岛之行，一定具有不同的意义吧！"

……

若干天后，车子走在戈壁上。戈壁的闪电像红绸子舞的绸带一样，长长地、从容地、宽大地从整个天空掠过。胡梦娴在蓝色的闪电里，惶惶然张开嗓子发出一声尖叫。这喷薄而出的尖叫，聚积了胡梦娴对生命、自然的好奇和热爱。

吐鲁番的天空是蔚蓝的。他们下榻在一处安静的旅店里，外面有长满葡萄藤的长廊。在中国最西部迟迟的黎明里，他们做着一个离奇的梦。

从床上可以望见窗外重挂着葡萄的寂静街道，以及波斯风格的建筑。胡梦娴恍惚觉得自己一直生活在这里。生活在这粗率而浪漫的盆地里，自由自在唱着异邦情歌，翻卷手腕，跳着旖旎的舞蹈。

胡梦娴喜欢新疆人美丽的微笑，喜欢新疆人充满音乐节奏的快乐生活。吐鲁番是一块圣地，足以洗净人们心灵的积尘。胡梦娴想他们到这里来，就是为了清洗心灵的污垢吗？

窗外远远传来歌声，新疆情歌里缠绵的爱情就像为他们而唱。他们都觉得吐鲁番与西湖，完全是两个不同的世界。吐鲁番的世界，具有永远的朝气和力量。那是一种承受命运、顽强不屈的力量。戈壁上那些被风化的岩石，就是一种生命态度的象征。

胡梦娴被戈壁呼啸的狂风惊醒时，觉得那种狂风贯穿了整个天空，又席卷了整个大地。她非常害怕这种狂风，似乎有一个血盆大口轻而易举就可以把她吞掉。她寻求范柳刚的保护，可她总是看见一道锐利而明亮的蓝光。像大多数女人一样，胡梦娴不断追求就是为了使梦想成真。胡梦娴究竟都有些什么梦想呢？随着火车一路回家的时候，胡梦娴看到了许多黯淡的小镇，看到了许多脸色平淡的疲劳女人。她们除了身体的疲劳，还有心灵的疲劳。胡梦娴心疼地看着这些疲劳女人，想象她们心里也许是一点儿都不开心。

坐在火车上倚着范柳刚，胡梦娴闭上眼睛就清晰地看见了自己的梦想。那是一个家的梦想，家在她眼里已经不是一种现实，而是松鼠逃避大风雪的树皮小屋，是一种逃离现实的梦想。常常有一种逝水流年的感觉，胡梦娴对时光有一种紧迫感。仿佛她的生命会在某一天某一个时辰忽然中断。

现在就是一切。

一个永远活在现在的人，才使过去和未来具有意义。

这会儿，胡梦娴从一家商厦采访出来，虚无感又一次侵袭她。她撑起一把黑色小伞，在雨声沥沥中举目四望。前边就是天主教堂，是杭州唯一的天主堂，建筑奇妙，已有一百多年的历史。它处在天水桥路口，没有鲜绿的草地，人们一不留心就会把它错过了。

胡梦娴曾去做过礼拜，也去唱诗班唱歌。但她并不相信上帝在七天中将世界造出的说法，也不喜欢听牧师布道。她唯一喜欢的是教堂的宁静崇高，以及那些虔诚的祈祷。

教堂里没有游人，清晨来做祷告的虔诚信仰者已全部散去。静悄悄的，雨在屋檐上滴滴答答。胡梦娴坐在木凳上，默默想一些心事。这时，一个一身黑色的中年女人走了进来，她在祭台前跪着向主喃喃祈祷。然后沉着地站起，在胸前画十字。这是一个熟悉的身影，似曾相识，但一下子想不起来。胡梦娴尾随她走出教堂，本想与她打个招呼，但在川流不息的车辆与人流中，那个女人一晃眼就不见了。

胡梦娴心里有些郁闷，不知不觉在金舞池停下来。也许排遣虚无与郁闷，跳一场舞比较合适。胡梦娴买了一张票走进去，就像走进了一个疯狂的世界。那些青年激烈奔放的舞蹈，以及那位女歌手近乎歇斯底里的演唱，让胡梦娴震耳欲聋。一曲末了，女歌手向舞友道别时，胡梦娴意外发现她竟然是万里厂的敏。敏怎么会在这里唱歌，敏怎么会做舞厅歌手？

“敏。”胡梦娴冲着敏喊。

“你怎么也来这里？”敏说。

“难道我不能来？”

“不，你与我不同。”

敏引领胡梦娴走向舞厅后台，敏告诉胡梦娴她与范柳刚的关系，她与范柳刚的孩子。尽管那孩子没有出世就见上帝去了，但敏要拿它来气气胡梦娴。敏想如果没有你，范柳刚怎么会弃我而不顾？我又怎么会沦落到这般地步？

“怎么会这样？”胡梦娴说。

“事实就是这样。”敏说。

“你胡说！”胡梦娴淌着泪，转身冲出金舞池。雨还在下，被金舞池大楼迎面挡住而形成的螺旋大风，立即把胡梦娴的伞吹成一朵喇叭花。胡梦娴收了伞，淋雨而走。很凉的雨水，顺着湿透的衣服流到脚上，带着一些体温而变得湿热。长发湿透了，沉甸甸地被风撕扯着。胡梦娴在雨中走着，怀着自虐的快感和茫然的心情。

“怎么会这样？怎么会这样？”胡梦娴承受不住这突如其来的打击，恍恍惚惚回到家，洗了个热水澡后只觉得头痛心也痛。她知道自己病了，而且病得不轻。这时候她多么希望范柳刚忽然出现在她面前，以证实敏说的是谎话，可惜范柳刚没有。

窗外的雨停了，灰蓝色的天空飞快地走着乌云。那些惶惶然奔向前去的乌云，使胡梦娴陷入更加忧郁的境地。仿佛那些乌云都密集到了她的额头，挥之不去。胡梦娴走到书桌前，书桌上一封短信令她震惊，信是这样写的：

梦娴：

你看到这封信时，我已经登上回洛杉矶的飞机了。我感谢你给我爱情，但我是一个不值得你爱的人。

吐鲁番之行，我的灵魂得到清洗。我不想再欺骗你，便选择离开。请饶恕我的罪过，原谅我的不辞而别。

祝你愉快！

范柳刚

胡梦娴读完这封短信，天像坍塌了一样。一种蒙受耻辱的感觉，让她全身战栗。怎么会这样？怎么会这样？胡梦娴的泪汹涌而出，她彻底绝望和崩溃了。她觉得无论是内心世界，还是现实世界，都无法使她有活下去的勇气了。她想到了死。死亡的脚步声在空中回荡。她想到列夫·托尔斯泰在《安娜·卡列尼娜》一书中，写到安娜去车站自杀前的内心自白："……他就是不爱我了，出于责任他也会对我好，对我温存的，可是那我想要的东西就没有了——这甚至比仇恨还要坏一千倍！这是——下地狱啊！然而现在事实就是这样的。他已经早就不爱我了……"

这段话像咒语一样地折磨着胡梦娴。胡梦娴昏昏沉沉带着高烧的梦异感觉在房间里走动。她不是安娜，但她与安娜同样有着对爱情的崇高理想。现在这理想被毁灭了，她要的东西没有了，她孤立无援，没有人能和她分担痛苦。

死亡的脚步声逼近她。她在衣橱里拿出一件黑色风衣，又坐到梳妆台前对镜梳妆。她发现她的脸庞是那么憔悴，她的眼睛是那么黯淡无光。于是她为眼睑涂上一层迷蒙神秘的蓝色眼影，为嘴唇涂上鲜艳的唇膏，一种凹陷的立体错觉，顿时让她的面容焕然一新。

一切准备就绪后，胡梦娴把一盏盏灯全部熄灭。整个屋子黑漆漆的，胡梦娴在黑暗中如幽灵般出去了。她朝着城站的方向，朝着那哐当哐当的铁轨走去……

四十三

蒙蒙骑着自行车，心里盘算着李丛林开广交会还有几天才能归来。路旁赤裸的法国梧桐树，像一只只秃头鸟在朔风中摇曳吟唱，这是冬天初寒时刺鼻的空气。这空气里，每一种声音都像钟锤重重地敲响了沉闷的生活，悲哀和喜悦都是那么不可阻挡。

蒙蒙的心紧缩着。

仿佛有什么意外的事情发生，蒙蒙的脸色变得惨白，眼里淌出泪水。哥哥和菲菲的被害，使她不明白人类到了公元二十世纪末，还有这样惨无人道、没有人性的杀戮？人类究竟是前进了还是倒退了呢？蒙蒙的灵魂深处为这一丑陋、罪恶的社会现象感到悲哀和哭泣。

“为什么流泪？”米少山师傅在传达室遇见她说。

“没有啊。”蒙蒙说。

“还没有，你是不是为不能参加全国大奖赛伤心？”

“师傅，你说到哪里去了，没有的事。”

蒙蒙一溜烟往前走去，她知道师傅只要单独面对她时，就会露出那种令她别扭和讨厌的目光。这目光使她想到师傅与英子的暧昧关系，英子现在怎么样了呢？蒙蒙来到传达室，在一堆信里她看到了英子的来信。蒙蒙这才知道英子已回北京，但她没有心情拆信。回到木雕车间，坐在电话机旁的老木匠喊：“蒙蒙电话。”

“嗨，我是胡梦娴前夫。”

蒙蒙想胡梦娴前夫找她有什么事？正纳闷着，胡梦娴前夫在停顿了一会儿后，仿佛是憋了很久的话，终于吐出来说：“胡梦娴卧轨自杀了。”

“怎么会这样？”蒙蒙非常震惊地问。

“你来吧？”

“好，我这就来。”

蒙蒙请了小事假，飞快地骑上自行车，直奔出事地点。难道是范柳刚害死胡梦娴？难道是胡梦娴走投无路？蒙蒙赶到被铁轨碾碎的胡梦娴身体的地方，已拥满了许多围观群众。虽然碾碎的尸体已被警方处理干净，但胡梦娴的前夫还在站台上寻寻觅觅。他在寻觅什么，难道是寻觅一颗破碎的心？

曾经有一个叫海子的诗人卧轨自杀，那是他被痛苦的精神折磨，折磨得不能再进行艺术创造了才自杀的。而胡梦娴难道仅仅为了爱情就这样残忍自杀了吗？蒙蒙想来想去，把胡梦娴归结于一个有气节的女人。她这样做是不是在追求一种爱情的纯洁和极致？抑或是在控诉世纪末那些玩弄爱情、欺骗爱情的罪人？

范柳刚杀死了胡梦娴，蒙蒙一腔怒火，满腔仇恨，她要找范柳刚算账。然而找遍了所有范柳刚可能出现的地方，都不见他的踪影。他逃跑了，他一定逃跑了。蒙蒙气愤得咬牙切齿，为不能捉拿范柳刚这个杀害胡梦娴的凶手而痛苦绝望。

第二天，胡梦娴前夫邀蒙蒙去胡梦娴屋子整理遗物。蒙蒙不知道胡梦娴前夫为什么选择她？莫非她面对死亡的事情多一些，莫非她有足够的胆量面对亡灵。蒙蒙发现胡梦娴没有留下遗书什么的，怀疑是突发事件。

胡梦娴自杀就像一颗星子的陨落，蒙蒙除了悲痛还是悲痛。当然蒙蒙与胡梦娴是截然不同的两个女人。如果说胡梦娴是一根绳子，那么蒙蒙是一条橡皮筋。

离开胡梦娴小屋时，蒙蒙看见花坛上玫瑰花瓣落了一地。那是一种凄凉的景象，忽然让蒙蒙有一个玫瑰葬礼的构思。因为胡梦娴喜欢玫瑰，那么就让她在冥界永远与玫瑰相伴吧！

冬天凛冽明亮的空气中，阳光像冰山一样耀目壮丽毫无温暖。冬天的灿烂是锋利的、刚硬的、令人不能喘气，却又是深厚的、无垠的、神秘莫测的。蒙蒙恍恍惚惚骑着自行车，想起胡梦娴当年采访哥哥余亮时正风华正茂。而余亮也就是在她的采访下，做了几年快乐厂长。那是余亮一生中最闪光的日子，也是胡梦娴作为记者最红火的日子。如今他们都死了，而且都死无全尸，蒙蒙感到一种悲怆。

中午时分，蒙蒙匆匆去食堂吃饭，潦草地吃了几口觉得再也吃不下了。仿佛心里堵着一块石头，她思索着一些人的存在问题。人类的存在，将会无限期地持续下去。一代又一代，艰难、痛苦、悲伤永远会比幸福欢乐更多地伴随着人们。只是人们面对它时，往往没有足够的勇气承受、战胜、超越。

郑瑛买了一面小圆镜，说是地摊上买到的古镜，南宋时期的。蒙蒙左看右看，细细品味。她想曾经有多少女人用过它，古代女人梳妆，大多是为了取悦男人。当代女人梳妆，是不是为己而悦呢？蒙蒙面对古镜，看见古镜中映出一张女人的脸，她恍惚、苍白、疲倦，唯有一对漆黑闪亮的眼睛，宛如一对黑鸟的双翼扑扇欲飞。

李丛林是不是该出差回来了？蒙蒙屈指算来，李丛林在广交会已有九天了。这九天她天天都在惦念他，后悔当时去车站送他，由于嗅到列车散发出来的行李与肉体的腥咸味，而对他显得心不在焉，只作了一些日常吩咐便匆匆逃离车站。现在蒙蒙盼望李丛林的电话，只要电话铃一响，她就会像猫一样轻灵地跳过去。她要听到他平安回家的消息。在车祸频频的今天，平安回家多么重要。

这会儿，蒙蒙坐下来雕刻《美人鱼》，她忽然想把马蒂斯的线描绘画风格运用进去。她觉得要想技艺炉火纯青，没有熟练的技艺不行，没有融会贯通的本领也不行。那些不让她参加全国大奖赛的家伙，对她的排斥其实不是技艺问题，而是对女性的排斥。几千年来女性的进化，总是遭到一代代男性的阻隔。女性想从正门轻盈地走上舞台，似乎是件非常艰难的事。

四十四

俗话说不幸使人坚强，不幸成就了人，李丛林不相信这些。李丛林宁愿少一点不幸，多一些顺利。然而不幸的事，总是不可避免地发生。李丛林自广交会之后，常常感到四肢无力，有一种极度的疲倦感。

痛苦是什么？少年不识愁滋味，为赋新诗强说愁的年龄早已过去。男子汉有事业撑着，什么样的痛苦都能忍下。李丛林想他全身心投入凯丽厂，让许多痛苦化作了力量和智慧。可如今日渐衰弱的身体，却让他有一种被击倒的感觉。难道自己患了绝症？不，不可能。

“要振作精神。”李丛林这样对自己说。

李丛林中午去食堂吃饭，让炊事员给他多打些饭菜。他要尽量多吃些下去，以增强体力。然而新车间那个年轻女子，一见到他就说：“厂长怎么一下子瘦了这么多？”

“我本来就瘦嘛！”李丛林一边辩解，一边端着饭碗朝包装车间主任黄惠芬走去。

“小黄，吃饭？”李丛林说。

“坐，李厂长。”黄惠芬说。

李丛林对黄惠芬印象不错，他想调她去劳服公司当经理，但还没有最后决定，只能试探性地了解一下她是否愿意。

“如果你当劳服公司经理，一定会很出色。”李丛林笑笑说。

“怎么可能呢？”黄惠芬说。

“怎么不可能？”

“你提拔我吗？”

李丛林笑笑没有回答，吃完饭回到办公室，他觉得很闷，哐啷一声打开了窗子。这时王春春进来说，法院以受贿罪一审判处朱水根有期徒刑五年，受贿所得人民币全部没收，没想到一个副厂长竟会变成囚犯。李丛林沉默不语。李丛林压根儿就没去为朱水根保释。他觉得法律面前人人平等，朱水根罪有应得。

这会儿，李丛林要去局机关开会。他知道自己已被评为局优秀企业家了，这是殚精竭虑、呕心沥血换来的荣誉。尽管世纪末人们对荣誉已不怎么看重，但李丛林认为人是不可以没有荣誉感的，荣誉促使人自信与奋发。

李丛林来到局里，马处长一见到他便说：“小李啊，你要听我一句忠言，你虽然被评为优秀企业家，但千万不能骄傲自满，故步自封。你要争取把产品打入国际市场，为创外汇努力。”

“改革是一条探索的路，在打入国际市场方面，我会闯出一条路来的。”李丛林自信地说。

“好，有雄心壮志就好。不过你要吸取用人方面的教训，不能只顾效益，不顾思想品质。我们共产党员，政治思想工作不能忽视。”

李丛林无奈地点点头。

李丛林找了借口离开马处长，在会议室选了个位置坐下。这是一个厂长会议，李丛林认真听局长下达市里的文件，还拿出笔记本记录。会议结束已是下午四点多了，李丛林从局里出来，忽然感到腹部疼痛难忍，一拱一拱地很想解大便，但又解不出。这难受的滋味就像抽干了血，浑身困乏无力。李丛林勉强支撑着，回到厂里刚停好自行车，就一下子栽倒了。

“厂长你怎么啦？”

“厂长你还好吧？”

正是下班时间，职工们七手八脚地把李丛林扶到医务室。孙医师给他测血压听心脏后，对王春春说必须马上送医院，可能是阑尾炎。王春春很快找来了面包车司机，孙医师与王春春一起送李丛林去市一医院。那天下午，蒙蒙正与姨妈去望湖茶楼约见徐娃的男友。姨妈肯去，是因为蒙蒙做了大量的思想工作。

“比我还大两岁，见了面多难为情。”姨妈叹气地说。

“这没什么，爱情没有年龄限制。关键在人品、学识、修养方面。”

“等会儿，我们要不卑不亢，有礼有节。”

“你就叫他石先生好了。反正他也是杭州人，在旧金山唐人街开着一家服装店。”

“什么？他姓石，杭州人？”

“姨妈你认识他？”

“不，不不。”

姨妈心里想不会有这种巧事的，同姓的人多着呢！姨妈泰然地坐在茶室一隅，隔着栏杆眺望烟雾朦胧中的西湖。她想起许多年前，与情人石师傅就在这里情意绵绵地相会。如今过去了那么多年，触景生情，姨妈浮想联翩地陷入沉思。

“姨妈快看，他们来了。”蒙蒙说。

“别这样激动，记住不卑不亢。”

姨妈朝前看时，正好他们已走到二楼回廊里。姨妈看见徐娃身边的男人，西装革履，面目清秀，没有发胖，一点不像年过花甲之人，倒有点翩翩凌虚的仙骨神采。

他们临近时，姨妈故意扭过头去，直到徐娃喊她妈，石先生笑容可掬地喊她伯母时，她才架上老花眼镜转过头来。姨妈冲着石先生看，这一看让姨妈看得浑身战栗，姨妈的声音都颤抖了起来道：“你……怎么是你？”

姨妈顿时晕眩了起来。

蒙蒙与徐娃被这一幕弄蒙了。石先生像中了邪似的，泥塑木雕一般站着，好久才回过神来扶住姨妈说：“我不知道她是你的女儿，我找过你……”

“你说什么？你与我妈……”

“我与你妈曾经谈过恋爱。”

“怎么会这样，这太荒唐了。”

蒙蒙与石先生送姨妈去医院时，徐娃冲着石先生说：“好好照顾我妈。”然后又对蒙蒙说：“我要去流浪，我要做个流浪的人，你们不必找我。”

“徐娃你听我说。”石先生说。

“还说什么？”徐娃迎面叫住了一辆出租车。

姨妈到达市一医院不久就苏醒过来了，她一看到石先生就把他轰了出去，看样子姨妈对石先生满怀仇恨。石先生走后，蒙蒙就只能陪伴在姨妈身边。医生说：“你姨妈需要在医院观察几天，因为她血压偏高。”大约在晚上九点，蒙蒙才回家。本来说好磊磊由李丛林送到奶奶家度周末。然而蒙蒙一打开门，就见磊磊委屈地说：“你到哪里去了？

爸爸住院了，住市一医院。”

蒙蒙十分惊讶，怎么一波未平一波又起。蒙蒙像个苦难深重又历尽沧桑的人那样，感到肩上的担子与责任又重了很多。于是她让磊磊早点睡觉，又赶去市一医院。

走进外科病区，蒙蒙首先到医生办公室了解李丛林的病情。医生说：“李丛林要做手术，要切片化验才能最后确诊。”蒙蒙的心一下紧缩了起来。她恓恓惶惶地走到李丛林病榻前，在幽暗的灯光下，望着李丛林胡子拉碴的脸，额上的皱纹像刀刻上去一般，两鬓一半是白丝了，蒙蒙难过地掉出了眼泪。

“你这是干什么？我不就是便秘痔疮吗？”李丛林说。

“是，我知道。”蒙蒙说。

蒙蒙喜欢李丛林百折不挠的英雄气概。这气概让蒙蒙心中涌起了对他的无限爱恋和深深歉疚。她俯下身抚摸他的脸颊、头发和双手。

“姨妈也住进了这家医院，在内科病房。”蒙蒙说。

“那我去看看。”李丛林说。

“不急。姨妈只是血压偏高。”

“那我明天去看她。”

蒙蒙回家时，病室已基本熄灯了。卫生间一股烂苹果气味，甜腥腥、稠腻腻地漫过来。一间病室传出来哭声，一具尸体与蒙蒙擦身而过。蒙蒙全身哆嗦着，生怕死亡再一次降临到自己亲人身上，她快步离开了医院。

回到家，磊磊拿着《安徒生童话》趴在沙发上睡着了。蒙蒙轻轻地把他抱到床上，吻着他的小脸蛋，儿子是她最疼爱的宝贝。

儿子也是李丛林疼爱的宝贝。

蒙蒙给李丛林整理衣箱时，感觉有一种青草香型的爽肤水气味。这种气味是李丛林身上的气味，它们留在衣服上弥久不散。蒙蒙闻着这气味，感觉事到如今，她是真正深爱李丛林的。

电话铃响了起来，蒙蒙慌忙去接，生怕姨妈和李丛林有什么意外。她声音颤抖地问:“哪里？”

“是我，石先生。你姨妈病情怎么样？”

“血压偏高，问题不大，你再去看看她吧？”

“她轰我出来，还去？”

“去，一次不行就两次，两次不行就三次嘛！”

蒙蒙上床睡觉已是深夜了。她一个人躺在大床上，想起新婚之夜李丛林如雨点般吻她，让她感到一种回味的快乐。那时候他们正像梁实秋说的那样，嘴唇要在不能接吻时才唱歌。

四十五

石先生果然又去医院看姨妈了，石先生给姨妈大包小包买了一大堆礼物，但还是被姨妈拒绝了出来，石先生沮丧极了。石先生走到医院大门口，冷风呜呜号叫着撞击窗棂，仿佛是一个痛苦的灵魂，石先生心中的苦闷不知向谁倾诉。

蒙蒙去医院接姨妈出院时，姨妈怒气未消。她冲蒙蒙说:“这个不要脸的人，还来找我？”

“难道你这些年没想过他？”蒙蒙说。

“他与徐娃……”

“徐娃出走，多半就是为了让你与他和好嘛。”

“那……那怎么把他找回来？”

姨妈一下子暴露了多年来隐藏在她心中对石先生的爱情。蒙蒙明白当年他们的离开，是因为政治上的种种原因，迫不得已。现在蒙蒙把姨妈送到家里，姨妈的内心世界是复杂的。思念了多年的情人成了女儿的男友，而女儿又因为母亲的出现离家出走。天下竟有如此巧事。姨妈对石先生的离去、徐娃的出走惶惑不安。无论从感性还是理性，姨妈一下子都不知道该怎么处理。

离开姨妈家，蒙蒙又返回医院去看李丛林，天空飘起了雪珠子。那雪珠子斜打在出租车的玻璃窗上，沙啦啦、沙啦啦的声音，单调、粗糙，有一种被肢解的感觉。下车后，蒙蒙还没有走到外科病区，双腿就直打哆嗦。因为蒙蒙忽然想起第一次面对死亡时的恐惧，那时候蒙蒙只有八岁，生病住在医院里。邻床一个非常漂亮的小女孩，与她朝夕相处一个月后，就死在她身边的那张病床上。小女孩成了一具尸体，在抬往太平间的那一瞬，蒙蒙被一股悲伤的气氛，吓得从头到脚裹在一床毛毯里。那一刻她知道人是要死的，她害怕某一天会像小女孩那样突然死去。

上午的住院部，家属如果不是办住院和出院手续，一般很难进去探望病人。蒙蒙向医院的一个朋友借了件白大褂，蒙混过关地走了进去。医生正准备查房，没有人怀疑她是家属。她看见一个脸色白皙的高个子瘦男人，正在填写死亡通知单。他填写得很慢，字迹清秀而小巧。楼道上有吱嘎吱嘎的铁轮子声，护士长在一旁把铝面的病历卡一沓一沓抽出来。蒙蒙很想看到李丛林的病历卡，但病历卡很快被分管医生拿走了。他们兵分几路，她跟在分管李丛林医生的这一路。查房对她有一种特别的恐惧感和新鲜感。

一个六十岁的男人从来不生病，有一天跌倒中风了。他躺在那儿，一副半身不遂的模样。一个十九岁的女孩患了胆囊结石，痛得死去活来，从床上蜷缩到地上。一个五十多岁的女人，睡前摸到乳房有一硬块，来医院切片检查被确诊为乳癌。一个七十岁左右的老人，患了腰间盘突出刚刚做了手术。他躺在床上不能动，老伴正在给他喂米粥。

接下来就轮到李丛林。李丛林看到蒙蒙穿着白大褂，混在医生护士堆里朝她做了个怪相。蒙蒙暗示他别发出声音，以免惹麻烦。这时，护士长递给医生李丛林的铝面病历卡。医生给李丛林听心脏、测血压后说："今天做直肠检查。"李丛林点点头说："知道了。"

医生查完李丛林的病，与几个护士一起转向另一病室。蒙蒙坐到李丛林床边。蒙蒙说："怎么今天才做检查？"李丛林说："这就说明我没有问题，你安心上班去吧！"

在病房走廊的尽头，一个病室的门忽然洞开。那个五十多岁的乳癌患者，晃晃悠悠地站在门口，嘴里喃喃地说："死掉了，又死掉了一个。"

蒙蒙望见病室里有一张床，没有床单，床垫上染着一摊黄黄的污垢。床边立着补液架和氧气瓶。乳癌患者和蒙蒙说:“她才三十多岁，这么年轻就死了。”

蒙蒙表示悲哀和同情。

走出医院，蒙蒙看见雪珠已变成了鹅毛大雪。这是入冬以来第一场雪，雪使蒙蒙思绪万千。多少年来在她心里、在平淡生活的间隙，她时常思考一些问题。她知道每一个活着的人，面对生活都有各种各样的艰难和不容易。

市一医院附近就是行知幼儿园，磊磊在那里待了三年。蒙蒙透过铁栏杆，看见小木马积满了白雪。教室里小朋友正在跟老师学唱新歌，那个曾经当过磊磊班主任的漂亮女教师，正领着小朋友玩打雪仗的游戏。蒙蒙觉得做幼儿园教师多么好，可以让自己永葆童心。

回到木雕车间已近中午，由于大雪纷飞，路上行人稀少，街道一下子变得空旷而宁静。蒙蒙坐到工作台前继续雕刻《美人鱼》，生活不是小说，生活必须直面人生，承担责任和义务。

吃过午饭后，蒙蒙整理工作台抽屉。她的抽屉总是乱七八糟，除了工具，还有信件、纸、笔、剪刀、饰物和针线。有两封英子的信她一直没有拆，此刻她将它们拆开，才知道英子除了向她道歉还学会了驾车，并与那个美院教师同居在北京。

米少山师傅是广交会结束才回来的。这会儿他与同事们说："那里的电话铃就像幽灵一样进入每一个房间，它们顽强、富有弹性、不折不挠。"米少山师傅说起这些津津有味。蒙蒙觉得这叫口头腐化。米少山师傅腐化出各种花样来，且腐化得幽默、过瘾，又不犯错误。其实米少山师傅说的蒙蒙都知道，不要说广州，就是在杭州那些大小宾馆里，那些女人的声音在电话里交汇。她们像古怪的花朵，声音时而沙哑，时而轻柔，时而绵绵不绝。在男人看不见的另一处美目流盼、浓妆堆积。她们通过一根匍匐而行的电话线，直抵辗转难眠、浮想联翩的男人。

下班后，蒙蒙去婆婆家接磊磊。婆婆一见蒙蒙就说："你平时怎么不劝劝丛林，厂里的事虽然重要，总不能连身体也不顾的。"婆婆的话，显然是在责备蒙蒙。蒙蒙在婆婆面前，似乎很难成为一个好儿媳。她不知道该怎么做才能让她满意。蒙蒙心里很难过。蒙蒙对她说："不是我要让他去当厂长，也不是我没有劝过他。"蒙蒙拉磊磊走的时候，婆婆正准备在高压锅里烧肉骨头粥给李丛林送去，婆婆总要显示她比蒙蒙更关心李丛林。

在雪地里用自行车载磊磊回家很累，但蒙蒙喜欢那感觉。一种天高地阔，思绪一无遮拦的感觉。车辆在皑皑白雪上吱吱尖叫，回身望望那一条长长的黑色足迹，就让蒙蒙感慨人在黑暗中前进是多么艰难。艰难中寻求与万物之灵同在，便觉得自身的艰难、自身的悲哀愁绪都是很渺小的。

李丛林不在家，蒙蒙就坐进被窝里给丈夫织毛衣。那千丝万缕的编织，织进去蒙蒙多少爱意与愁绪。蒙蒙想起曾经看过一个电影，一个很旧的苏联电影。胶片上的颜色发红有如雨的灰线条，电影里那个美丽的女孩，相信大海上会开来一条张着红帆的船。船头站着一个年轻的船长，那是一艘特地来接她的红帆船。她周围所有的人都嘲笑她，然而阳光灿烂的某一天，她终于等来了红帆船。她赤着脚，在沙滩上朝着年轻的船长飞奔而去。那是一个女孩，为爱情欢笑飞奔的场景。

深夜的窗外一片白光。蒙蒙在嘎吱作响的床上，挪动已经变得麻木的双腿。放下手中毛衣，蒙蒙看见床头柜上一份李丛林起草的报告，大意是凯丽厂准备盖职工宿舍，解决一部分职工的住房问题。

蒙蒙早就想要一套屋前屋后有花园的住宅，像西方国家那样的花园般环境。每到周末李丛林用剪草机修剪草坪，蒙蒙给花盆换土，用喷壶浇水，把木本的植物剪出漂亮的株形，并且在门框上垂吊一盆清香的矢车菊，让每一个归来的人幸福地叹一声：回来了，嗅到家园的气息了。

四十六

那天傍晚，当蒙蒙从李丛林身边回到家里，静下来进入冥想的时候，电话铃就像一个催命鬼吱啦啦响个不停。它使蒙蒙无法在冥想中，将目光无止境地伸展下去。蒙蒙只好打断自己，慌慌张张地拎起话筒。

“蒙蒙快来，你妈出事啦！”公公声音颤抖又紧张地说。

“出什么事？我来，我马上就来。”蒙蒙惊恐地说。

窗外是绵绵延延的雨水，蒙蒙穿上雨披骑着自行车火速而去。她不知道婆婆究竟出了什么事。她心急火燎地赶到婆婆家里，婆婆已经遇难了。那是发生在家里的爆炸事件，那爆炸惊呆了楼房里的所有人，压倒了窗外的喧哗。爆炸声响后，四下里先是一片出奇的沉寂，然后楼道里才响起哐当哐当的开门声。大家东张西望、面面相觑不知道发生了什么事。

公公在书房里看书，他有点耳聋，心脏也不太好。那一声爆炸，还以为是工地上的打桩声。直到一股肉骨头味伴着一股腥味扑鼻而来，他才意识到去厨房看看。这一看让他大吃一惊，慌乱中他冲门外发出刺耳的号叫：“来人哪，救命……”

那些刚刚回屋子的邻居，听到喊叫声又都走了出来。他们拥到楼道口，拐过弯一个个冲进婆婆家。一会儿婆婆家的门已被堵满了人，公公面色惨白，瘫软的身子全身战栗着，他哆嗦着说：“快帮我把她送医院，快送医院。”

蒙蒙赶到婆婆家，看见门口乱七八糟那么多人，紧张地走进屋去。几个邻居正从厨房神色慌张地出来，嘴里说完了完了。蒙蒙快步走进厨房，看见婆婆倒卧在厨房石砖的洁白地面上。她的头部周围都是红白相间的糊状物，那只被炸得变了形的高压锅，还剩着一些黏黏糊糊的肉骨头粥。锅盖飞到了门角边，婆婆后脑槽上有一个圆洞，那里往外流溢着灰白的脑浆和酱状血糊，婆婆死了。

李丛林从医院赶回家后，和蒙蒙一起把婆婆抬到了床上。蒙蒙给婆婆清洗干净，盖上了被子，就像她平时熟睡了一样。大家都非常悲痛，谁也没想到婆婆用了几十年的高压锅，竟送了她的命。

婆婆的忽然死亡给全家打击很大，尤其是公公，很难适应一下子没有老伴的日子。于是公公许多时光都在书本中打发。书本是他的麻醉剂，也是拯救他活下去的良药。婆婆死后，李丛林一下子又瘦了很多，他在悲痛中不能自拔。

当又一个寒流过去，天气变得蓝天丽日，暖和了起来。病房里依然开着暖气，中午被阳光一照显得春意融融。李丛林邻床的那个病人，把毛衣袖子卷得高高的，露出满是青筋的手臂。李丛林却躺在病榻上，棉被盖得严严实实。自从手术后切片化验被确诊为晚期直肠癌，李丛林整个人像瘫痪了一样，精神状态一落千丈；但在同事面前他还是强打精神，表现出与病魔作斗争的勇气。

每天都有凯丽厂的干部职工来探望李丛林，大家都强颜欢笑，空气中没有那种哀愁的气氛。李丛林虽然放心不下凯丽厂，但重病在身也只好什么也不想。说到底，人是脆弱的、渺小的。

自从手术后，李丛林就被送进重病房，有一个保姆日夜守护着他。蒙蒙每天请着事假，忙完磊磊、公公的事就赶往医院。那天下午蒙蒙赶到医院时，李丛林疼痛得昏了过去。他脸色灰黄，情况不妙，护士长赶紧把急救车推过来，推得车轮辚辚作响。蒙蒙声音颤抖而焦虑地问医生：“有救吗？有救吗？”

在病室，等李丛林从急救室出来，就像一日等于一百年那么漫长，因为此心情浓缩在一个焦虑点上，心被抛到了半空悬着。一个多小时后，李丛林从急救室出来。他身体赤裸裸的，在白色的被单下插着许多管子。护士长从大口罩里说：“把静脉两端压住。”另一个护士就深深地屏住一口气说：“压住。”

护士长在微微突起的静脉四周，注射了一些麻药。接着又将针头向静脉扎去，但这一次尖利的针头却不能扎进静脉。皮肤跟着针头往前挤去，形成了一个小球。护士长用力后，针下渗出一颗近乎粉红的血滴。护士长翻开了一些盖在李丛林身上的被单，一股酸腐味扑鼻而来。

针头又拉了出来，护士长再往里扎时，李丛林呻吟起来。那呻吟完全没有了往昔说话的力度，变得如猫般柔细的惨叫。蒙蒙一阵心疼，接下来的几天，李丛林果然好了些。炎症得到了控制，疼痛也就减轻了。他躺在床上，用已经变得黯淡无光的眼睛向蒙蒙示爱。蒙蒙俯下身去吻了他的额头，又吻了他的眼睛。此时，蒙蒙的眼泪掉在了他的脸颊上。

然而好景不长，李丛林的病情开始恶化。他全身都疼痛得厉害。蒙蒙每天给他炖一只甲鱼，通常他只吃一两口就吃不下了。蒙蒙的神经绷得很紧，只要看到病房里的接尸车，心就会咚咚地跳得厉害。她不愿意看到亲人一点点被疾病折磨而死，也不愿意李丛林被疾病折磨得丑陋、狞厉，蒙蒙不愿意。窗外的落叶，被呼啸的风一吹而过。李丛林在疼痛中又熬过了十多天后，在一个阴冷的凌晨三点，突然昏迷过去。

从急救室出来，蒙蒙知道她害怕的这一天来临了。

早上八点，许多医生护士围在李丛林床边。李丛林的脸变成了青白色，眼睛大大地洞张着，强心针打下去，只能维持他最后微弱的心跳。他在一缕淡淡的阳光下，眨了眨眼睛。不知过了多久，那个脸色白皙的高个子医生听了听李丛林的心脏说："死了。"

"不会的，他不会死。"蒙蒙哇一声哭出来，抱住了李丛林。

李丛林的眼角边流出来眼泪，一滴、两滴……

蒙蒙看见李丛林口眼不闭，是不是有太多的事放心不下？蒙蒙轻轻地把他的双眼合上。一会儿，李丛林的尸体在蒙蒙的怀里渐渐地变硬，仿佛变成了一具雕塑。蒙蒙泪如雨下，没多久嘎吱嘎吱的接尸车就来了。李丛林被抬上车子，尸体在被单下摇晃着，在驰过落叶灰堆的时候，有一只鸟从地面扑扇着翅膀飞向天空。

一个优秀厂长逝世了。

一个优秀企业家逝世了。

李丛林英年早逝，格外让人悲恸欲绝。遗体告别的那一天，在殡仪馆低沉悲凉的哀乐声中，哭声阵阵。凯丽厂大部分职工都来参加了追悼会。他们流着泪说："李厂长是我们的好厂长。"

火葬场外的蓝天，一碧如洗。天空深处，有鸟儿尖细委婉的叫声。那叫声宛如美妙的音乐，伴随着李丛林袅袅升起的蓝烟，随风而散。

葬礼后，蒙蒙怀着无限悲恸凄迷的情愫，把自己锁在家里。她如卡夫卡说的那样："冬天阳台门是锁上的，钥匙不在手头。但窗户跟前我也不去。我不愿意见任何人，我不愿意让人搞乱了自己的思想。"

物在人亡。

面对一个个亲人的死去，让蒙蒙明白了生命的本质，就是生命的不再性。孔子说："未知生，焉知死。"而蒙蒙却觉得应该是未知死，又焉知生？

四十七

仿佛经过了漫长的岁月，蒙蒙重新回到木雕车间，心里多了许多条伤痕。她是比从前纯洁了呢，还是比从前成熟了？

蒙蒙继续雕刻《美人鱼》。《美人鱼》已如一位亭亭玉立的少女，展现在她面前。她美丽高贵，可她为什么就不能参加全国大奖赛呢？许多时候，女人会忍受许多不合理的事情。女人天生的弱点就是往往依附男人，以男人的轴心转动而转动，却不知道以自己的轴心，怎样与男人的轴心互动的原理。她们自卑又自虐。她们背负着极度的劳累，在漫长的岁月中痛苦地挣扎着。

“不，我不能这样就放弃。”蒙蒙说。

“放弃什么？”米少山师傅不解地问。

“我一定要为自己赢得参加全国大奖赛的资格。”蒙蒙目光锐利地冲师傅说。师傅表示赞许，但他不安地说：“木雕行业本来就很少有女性参加这种全国性大规模的比赛，你能不能争取上很难说，因为这里面涉及许多微妙的人际关系。”

“越是这样，我就越不能放弃自己的权利。”蒙蒙说。

“好吧。”师傅说。

这会儿，蒙蒙想起一九九三年早春，罗丹的《思想者》《青铜时代》《地狱之门》以及《吻》《加莱义民》等作品，从法国巴黎瓦雷诺大街的罗丹博物馆陈列八十七年以来，第一次来到中国的北京和上海。那许是罗丹生前的一桩心愿，蒙蒙十分幸运地赴了罗丹之约。忽然电话铃响起来了，蒙蒙正在完成《美人鱼》的最后一道工序。

“什么，英子她出车祸死了？”米少山师傅大声对着电话问。

“怎么会这样？”蒙蒙倏地走到米少山师傅身旁。

“死了。在高速公路上驾车时出车祸死了。”蒙蒙听到美院教师在电话的那头说。蒙蒙一脸的惊讶与悲哀，她回到自己的工作台前，整个人都在颤抖。米少山师傅呜呜哭泣起来，那一份伤心绝不是仅仅吻过她的脸颊和嘴，而是一种浸入血液的深度伤心。蒙蒙的眼前浮动着英子的发型和水仙花一般白色的绸裙，但她已欲哭无泪。那是一种比痛哭更难受的滋味。她知道她已不再是从前的她。她也知道生命赋予人们的除了苦难还有承受，承受是崛起与奋发的铺垫。

日子一天天过去了，当蒙蒙迎来二十一世纪第一道阳光时，回想过去了的世纪末，无限感慨油然而生。亲人、朋友、同事他们都回到各自该去的地方，世纪之初对于她来说是安静的。她像瑞典雕塑家卡尔·米勒斯那样，在自己家的庭院里潜心雕塑。身边绿色的植物，都是她从花盆里移植出来的树木花草。它们挣脱了盆子的束缚，一眨眼就长得高大蓬勃，它们是自由而安详的。蒙蒙和它们处在同一个境地里，默默地思索着……

二〇二四年七月十日于华盛顿特区

后记：探寻另一个自己

我总是不断地探寻另一个自己，想在小说题材、艺术形式中有所变革和创新，写出人间万象和人性深度。《丛林之歌》这部有关城市和国企改革这一社会性题材的长篇小说，交杂着家庭的生离死别，个人的情感迷惘，都市的迷幻物欲，以及不懈的追求，构成了二十世纪末中国都市生活中的神秘、活力、理想与拼搏的新时代画卷。

早年我从事工艺美术研究，虽然在研究所工作，却是经常要下基层跑厂家，譬如：木雕厂、石雕厂、绣品厂、香料厂等，通过实地考察、记录和拍摄，为的是使我所要写的工艺美术研究论文胸有成竹。多年后，那些工厂里的故事和人物，老是跑出来在我眼前闪烁。

回想当年，正是二十世纪末，国企改革的初级阶段，不少国有小企业改制退出公有制序列；某些扭亏无望的困难企业很容易破产，同类产品竞争相当激烈。对工厂内部来说，只有改革，实施有效方案，才能寻找出路。我在《丛林之歌》中所虚构的凯丽厂，它起死回生的故事，在国企改革中似乎是一个典范。

在这样的国企改革背景下，一大批民营企业家应运而生，立于潮头之上。我的不少亲朋好友，有的从国有企业辞职出来办私人企业，有的下海到深圳、海口创业，有的做房地产生意，但更多的普通民众，只能守着自己的家园哪里也不去，哪里也去不了。他们只希望企业别倒闭，安安稳稳过自己的小日子。可事实上，那些年普通工人不仅要分担企业的艰难，还要为最基本的生活提心吊胆，直接面临着生存的焦虑。

我的这部长篇小说《丛林之歌》，主要写了男主人公李丛林有着很强的事业心，为振兴国营企业凯丽厂，投入了全部的激情、智慧和精力；最后凯丽厂起死回生，他却积劳成疾，英年早逝。事实上，李丛林干事业并不一帆风顺。由于他一心扑在工作上，忽略了与妻子余蒙蒙的情感交流。余蒙蒙一方面以同情、钦佩的目光注视着李丛林的前行；另一方面她又沉沦于和高中同学范柳刚的婚外纠葛之中。

李丛林与范柳刚既是情感上的高手过招，又是市场经营方面的竞争对手；而李丛林的妻子蒙蒙，沉浸在哥哥余亮莫名失踪的担忧和悲痛之中，寻找失踪的哥哥是蒙蒙的心病，但意料不到的是杀害哥哥余亮的凶手，竟然是凯丽厂的职工贾小燕。

范柳刚、贾小燕等人物在改革开放市场经济的条件下，由于物欲泛起，导致道德失范。范柳刚一方面与蒙蒙保持着婚外接触，另一方面又玩弄女记者胡梦娴的感情，为了达到压垮凯丽厂的目的，他采用买通铁路货运站，造成凯丽厂货物积压的卑劣手段，与李丛林进行不正当的竞争。

我在小说中，自然而然地把范柳刚写成了一个现实世界中失却道德规范的典型。他为了个人欲壑，一切均可利用，长期欺骗胡梦娴就是为了借助胡梦娴的记者身份为他宣传。与范柳刚不同，贾小燕是因爱而不得，选择了毁灭和恨。她疯狂地爱上了余亮，却发现余亮另有所爱。她试图毒死余亮的女友来达到和余亮在一起的目的，最后毁灭了爱人，也毁灭了自己。

无论胡梦娴的追求真爱，还是余蒙蒙的性心理意识，她们都在世纪末的滚滚洪流中，勇敢地追求着，哪怕是以生命为代价，以苦难承受丰富的困惑和破碎的痛苦，好在她们都经历过了，活过了，死过了。在道德失范的现实中，唯有李丛林是一个严格自律的人。他的自律与奋进让工人、家人、朋友吃惊。正是因为他的努力，才使一家陷入困境的国营企业焕发了生气，获得了工人、领导甚至对手的尊敬，同时也让那些为生存而焦虑的工人看到了希望。

写完这部长篇小说，我似乎还没有从那个年代里走出来，脑海里忽然飘出来一首我写于新世纪之凌晨的诗《苍茫大地》：

凌晨零点时分，钟声巨响
岁月走满公元两千年
我看见月亮的沉思
犹如一面古铜镜

从前佩金的帝王穷困潦倒
在不堪一击中
更大的王在天空俯视着
苍茫大地

这时候神性之光，照耀所有悲壮
美人的珠泪，英雄的血
王的天空笼罩一切
史册和沧桑，疼痛无法叙述

我弯腰与大地融为一体
公元二〇〇〇年，我对生命
更加刻骨怀念

今天，二十四年后，我重新朗读这首诗，无限的感慨油然而生。是的，岁月流逝了，我和我的人物都经历了很多，经历就是财富，我们活过来了，活出来了。我相信任何一种苦难都有出路和机遇。只要我们保持目光闪亮、声音闪亮，那么人生的每一天都是开始。我会继续探寻另一个自己，引领读者朋友走进我丰茂的小说世界，嗅到小说背后渗透着的独有气质。

二〇二四年十一月十二日于华盛顿哥伦比亚特区

图书在版编目（CIP）数据

丛林之歌 / 顾艳著. -- 北京：作家出版社，2025. 8 --
ISBN 978-7-5212-3489-3

Ⅰ. I247.5

中国国家版本馆CIP数据核字第2025FR4030号

丛林之歌

作　　者：顾　艳
责任编辑：宋辰辰
装帧设计：呦鹿文化
出版发行：作家出版社有限公司
社　　址：北京农展馆南里10号　　**邮　　编：**100125
电话传真：86-10-65067186（发行中心）
86-10-65004079（总编室）
E-mail:zuojia@zuojia.net.cn
http://www.zuojiachubanshe.com
印　　刷：唐山嘉德印刷有限公司
成品尺寸：142×210
字　　数：172千
印　　张：9.75
版　　次：2025年8月第1版
印　　次：2025年8月第1次印刷
ISBN　978-7-5212-3489-3
定　　价：52. 00元